永い旅路

海原初音

文芸社

目次

青春よ

青春よ　再び訪れることのない
大切なこの時に
やらなければならない
ことがある
希望と勇気をもって
力のかぎり
青春の鐘を　打ち鳴らせ

青春よ　再び戻ることが出来ない
かけがえのないこのよき日に

やらねばならないことがある
節度と愛をもって
力のかぎり
命の鐘を　打ち鳴らせ

あゝ青春よ
珠玉の日々よ

第一章　青春時代

下宿生活

私は高等学校を卒業してから、その学校がある町で会社の事務をしていた。勤め始めた頃は、蒸気機関車に乗って通勤していた。蒸気機関車は時折、「ポーッ」という警報音を出していたが、その音は山に木霊して、殊の外大きく村内に響き渡っていた。

今は山中　今は浜
今は鉄橋渡るぞと
思う間も無く　トンネルの
闇を通って　広野原

当時歌われていた鉄道唱歌が頭の中を過る。

母は言うのであった。汽車の走る音が、「何な坂、こんな坂、シュシュシュポッポシュシュシュポッポ」と聞こえるのだと。

夏など、汽車の窓を開けると石炭の細かい粒が目の中に飛び込んできて、その痛さは格別であったことを思い出す。

終戦後で物資が乏しく、誰もが不自由な生活を余儀なくされていたが、のどかな時代でもあった。

私は未熟児で生まれ、幼少の頃は育てるのが大変だったと、よく両親に聞かされていた。そのせいか、疲れが溜まると頭痛になるために、私は汽車での通勤を諦めて、会社がある町で下宿生活をすることにした。

下宿先の女主人は、若い時にご主人を亡くし、家の空いている幾つかの部屋を、常時三人程の人に貸していた。台所にはポンプが設置してあり、井戸水を汲み上げて炊事などをしていた。ガスコンロは二台あり、不便を感じる時もあったが、部屋を借りている人は皆、勤め人で、生活時間が違うので、それ程に不自由ではなかった。

当時、私が下宿していた町にはガスが通っていたが、私の村にはガスはなく、囲炉裏で枯葉や薪などを燃やして炊事をしていた。

下宿先にはお風呂はないので、近くにある銭湯を利用していた。

家庭の事情で大学への道を断念するしかなかった私は、常に何かに挑戦して、生きて行こうと、心に誓っていた。

下宿していた町の商工会議所で青年学級が出来、私はそこで、料理や生け花を習っていた。他にも簿記や幾つかの講座もあって、会社勤めの、主に若い人達が勉強していた。

青年学級を修了した人達で「青年の会」が作られて、海でのキャンプや、スキーなどが企画されたが、これにも私は参加した。クリスマスパーティーもあり、楽しかった。会社の先輩達に誘われて登山もした。

私の体型は少しポッチャリ型で、既製服はきつかった。当時の洋服店は、品物の数が少なく、値段も高かったので、私は自分で作ろうと思い、服装学院の夜間に通うことにした。ミシンが欲しくなって、シンガーミシンを買ったがとても高く、私がもらっている給料の二ケ月分位の値段だったと、記憶している。

私はこのミシンで、普段着や、当時店では売っていなかった、毛布カバーなどの日用品を縫いとても助かっていた。手作りの時代であった。

社会に出て、これから自分の人生を精一杯生きて行こうと希望に燃えていた、二十四歳の頃であった。

ある日の朝、いつものように出社したが、自席で鳴っていた電話のベル音が私には聞こえなかった。音に反応しない私の顔を不思議そうに見ている同僚達に気付き、受話器を右耳に当てた。全く分からなかった。左耳に当てたら相手の声は聞こえたが、何を言っているか分からなかった。朝、下宿先を出る時には、耳の不調に全く気付いていなかった。心配顔の同僚達に促されて、私は急いで病院に行った。耳鼻科の医師は診察の後、気の毒そうな顔で、「突発性難聴」だと言った。

以後その病院で、ニンニク臭が残る注射を毎日してもらったが、一ケ月程過ぎた頃に、もう治療は終わりだと医師に言われて、私は茫然とした。聴力はほとんど、回復していなかったからである。

当時私は、疲れで肩が凝ると頭痛になるため、会社の近くの鍼灸院で、時々鍼治療をしてもらっていた。私はわらをもつかむ思いで鍼灸師に難聴を伝えると、以前に同じ症状の女性が通院していたとのこと。「私も努力するので、がんばりましょう」と言ってくれた。絶望の淵に立たされていた私は、その言葉に勇気をもらったことは、言うまでもない。

その時から、治療してもらい、聞こえは少しずつ戻ってきたが、結果として、右耳の聴力は回復しなかった。左耳は、甲高の人の話す言葉は分からなかったが、幸いにも低音の人が話す言葉は分かるようになった。

当時テレビは普及しておらず、高かったので、私は小型のビクター製ラジオを買った。

そのラジオには、少し首を傾げたイヌの置物が、附録として付いてきた。私はこのイヌが可愛くてとても気に入り、常にラジオの側に置いていた。

ラジオのイヤホンを聞こえる左耳に付けると、NHKのアナウンサーの話す言葉は聞き取れたが、他局のアナウンサーの言葉は分からなかった。正常な聴力の時は気付かなかったが、人間の声には、透き通った声や濁りのある声、高い声や低い声など、さまざまに特徴があることに気付かされた。

私は、難聴になると同時に、耳鳴りに悩まされるようになった。「キーン、ドドド、チチチ、ジーン」など、工場の騒音の中にいるような、凄まじい音が耳の中で騒いでいた。

何かに集中している時には、あまり気にならなかったが、家に帰って一人になると、その音は頭全体を支配した。私はいつまでも鳴り止まない耳鳴りを持て余し、耳の中の音と交信したりして、気を紛らわせていた。

オーイ　耳鳴りよ
そんな狭い所にいないで
早く外に出て　おいでよ
一時も私から離れようとしない
お前は

よほどに　その場所が好きなんだね
でも私は　お前が嫌いなんだよ
もしもお前に
三分の良心があるならば
しばしの間
私に安らぎの時間を
　くれないか

夜眠る時は、幼少の時に母が歌ってくれたであろう、子守歌を布団の中で、小さい声を出してハミングをし、自分を寝かしつけていた。

「ねんねんころりよ、おころりよ。ぼうやは良い子だ、ねんねしな。ぼうやのおもりは、どこへ行った。あの山越えて、里へ行った」

寝床の中の温もりは、母の懐に抱かれているような安心感があった。不思議にも私は、眠りに就くことが出来たのである。

健康な人でも、世の中の風は厳しい。まして末っ子に生まれ、何不自由なく両親や兄姉達に守られて育った私は、世間のことは何も分からなかった。突然に聴力を失って途方に暮れることもあったが、私には、私だけの神様が心の中にいると、信じていた。

神様は、私を強い人間にするために、試練をくださったのだ。この試練を乗り越えなければ神様に申し訳ない。私はそう思うことにしていた。

私には、自身の心の内を話せる人がいなかった。母は身体が弱く、母には言えなかった。兄姉達とは年齢差もあって、一緒に生活した記憶はあまりない。母は私を厳しく育ててくれた。利かん気の性格も手伝い、私は自身の心の中を、他の人達に晒すことが出来なかったのである。

自分の心と向き合うことが好きな私は、昼休みになると会社の屋上に行き、読書をしたりして、ともすれば沈み込みそうになる心を、紛らわせていた。

屋上に　寝ころびて
柔らかな春の光を　全身に浴び
しばし　まどろむ
母の懐の中に
抱かれしごとくに
私の肢体は

光の中に　溶けて行く

苦難の道は　神様からの贈り物
一生懸命　生きて行けば
きっと何かが　あるんだよ

人は皆同じ
人と違う物があるとしたら
それは
神様から　もらった物

私が勤めている会社は、海に面した町にあった。私は会社が終わった夕方や、休みの日に、海岸に行くことが多かった。海は私の心を、慰めてくれたのである。

雲の間から　一筋の光の帯が
突然に　海面に落ちてきた

その光の帯は　しだいに広くなり
静かに　遠くへ流れて行った

海水は　波打ちぎわで　砕け
白い泡になり
やさしく砂の上を
這いずりまわっている

波と波は互いに　からみあい
さまざまな模様を　つくっている
波の飛沫が　私の鼻をわずかに
くすぐった
泣きたくなるようで　涙が出ない
そんな感情に　私はおそわれた

私はしばし

そこを動くことが出来なかった

砂　浜

砂浜に立ちて　深く息を吸う
砂は足元に群れて
全身を揺する
水平線の彼方に　日に白く輝いて
船の静かに　行き交うのが見える

砂浜に座りて　一握りの砂と戯れたり
砂は夕日に映えて
金色に輝き　ふっくりとした手の
細きすき間より　こぼれ落ちる

砂浜に寝ころびて　砂の息吹を感ず
心地よい砂の温もりは
柔らかな肢体に　染み通る
静かに瞼を閉じれば
すべては砂に満つる

私は時折、自分の世界に浸ることがあった。

心の虚ろ　ポカーンと空いた
一つ　二つ　三つ
しとしとと降る　梅雨の日に
軒先から　ポターン　ポターンと
落ちる雨だれを
ぼんやり私は　眺めている
耳鳴りを　聞きながら

どうして　鳴るのだろうかと　考える
何故私は　椅子に座っているのだろうと
考える
社会とは　人生とは
何だろうかと考える
隣で話している　人の声が
ボワーンと　遠くに聞こえる

悲しみと　いらいらした
不安定な
人生の　音楽が聞こえる

書道塾

難聴になって一年程過ぎた頃に、下宿している家の近くの書道塾に通うことにした。塾の先生は、神社の中の十畳程の広さがある部屋を借りて教えていた。

小学生や中学生は明るい昼間に、大人の人達は勤めが終わった夕方に、塾に来て、練習をしていた。

以前から年賀状などに書く字が、殊の外大きいと、兄弟達に笑われていたことが、書を習う動機であった。塾は一週間に二回あった。

最初は、先生が書いた手本を臨書する練習で、一字書きに始まり、二字、四字、六字書きと、進んで行った。

習い始めた頃は、何枚書いても満足した字が書けなくて、夜中の二時を回ることもあった。書道の他にも私は、やりたいことが多かったので、何かと忙しくしていて、塾の日の前日に練習することが多かった。

初段取得の段階に入ると、条幅や扁額や、折手本の臨書もあった。この練習は、会社が休みの日にしていた。練墨などない時代で、大きな硯に墨を擦っていた。前の日の夜やその日の朝に擦ったり、書いている時に擦ったり、大変であった。およそ十枚位臨書すると、その中の一枚は何とか満足出来る字が書けるようになった。書いた半折の紙を壁に画鋲で止めて選んでいた。先生に見てもらっても、必ず合格するわけでもなかった。

雪国の冬はとても寒く、暖を取るのにアンカがあり、中にある陶器の入れ物に、赤く燃やした豆炭を入れるのである。アンカの上に木で出来ている小さなやぐらを置き、そのやぐらの上に布団を被せると、小さな火燵の出来上がりである。私は火燵の側に座り机を置いて書道の練習をしていた。外には雪が積り、部屋の中は寒いので、火燵の上に掛けてある布団を背中に掛けて身体を温め、字を書いていた。

長く筆を持って書いていると、手がカジかんで動きが悪くなってくる。私は手に「ハーハー」と息を吹き込んだり、着ている綿入れの半纏の中に手を入れて温めたりして練習書きをしていた。

下宿家の近くに、小さなリンゴ屋さんがあって、秋が深くなる頃に、少し傷のついている大きなリンゴを売っていた。私はそのリンゴが大好きで、字の練習をする時は、必ず机の横に置いていた。

字を書いて　疲れては
リンゴを　ほおばる
書き終えて　軽い心になり
床に入る

寝床の中の温もりは
私の身体を　優しく包んでくれる
あゝこのふとんの中のように
温かくあれ　世の風よ
寝床よ　お前は私の心の中を
誰よりもよく　知っている
お前の優しい温もりで　いつまでも
私を温めて　おくれ

幸いなことに、書の練習をしている時には、耳鳴りが気にならなかった。

私は自分の運命を決して恨まなかった。自分に与えられた試練を、受け止めて、一生懸命に生きて行かなければならないと思っていた。まじめな生徒ではなかったが、四年程塾に通って、二段の免状をもらった。

先生は、私に「最初の頃は少し心配しましたが、よくがんばりましたね」と言ってくれた。

難聴のために、先生の言葉が分からないことも多かった。恥ずかしい思いもいっぱいした。

こんな私でも免状をもらうことが出来たのだ。行くぞ、先に何があろうとも、来るものよ来い、決して負けないぞ、そんな気持になった。

自分に自信が付くと、こんなにも大きな気持になれるのか、急ぐことはない。たとえ回り道であっても、行きつく所まで頑張ろう。

人間は本来、動物的な闘争心を隠し持っているようである。その闘争心は、追いつめられた時に発揮出来るのかも知れない。

人間は決して弱い動物ではないと、身をもって体験出来たような気がしている。

生きること

あゝいっそのこと
死んでしまいたい
誰でも
そう思うときが　あるんだよ

外に出てごらん
いっぱい　いっぱい
友達が　いるでしょう
草だって　木だって
踏まれても　切られても
また　芽を吹いて
生きているじゃない

誰でも　生きていて　いいんだよ
ほら　見てごらん
お日さまが　暖かい光で
いいよ　いいよと　優しく
あなたの身体を　包んでくれているでしょう

みーんな生きていていいんだよ
静かに目を閉じてごらん

春風が　あなたの身体を
そーっと　いいよ　いいよと
通り過ぎて　行ったでしょう
心の目で見てごらん
優しく　優しくなれるでしょう

私の突発性難聴は、ストレスにより発症したものだと思っている。五十六キログラムあった体重が、四十八キログラム程に、落ちていたからである。

『次郎物語』との出合い

私は高校生の時に、下村湖人の『次郎物語』に出合った。

次郎は生まれて間もない頃に、乳母のお浜に預けられ、兄弟と分かれて育てられたが五歳になった時に、こんどは乳母から引き離されて、実家に帰らなければならなかった。

最も両親の愛を必要とした時期に、次郎は愛情をもらえなかったのである。

同じ兄弟でありながら、祖母に差別されて生活しなければならなかった、次郎の気持を思った時、私は涙せずには読めなかった。

だが幸運にも、次郎には沢山の良識ある人達との出会いがあり、それらの人達によって、荒んだ精神が救われ、次第に柔らいできたのであった。

次郎は元来、力強い息吹きを、体内に秘め持っていたのではないかと思うのである。

次郎が十歳の時に、生母が亡くなって、父親は再婚した。その義母の弟の徹太郎との出会いが、次郎を大きく変えて行くのであった。

〈『次郎物語』要約〉

ある時次郎は、兄の恭一と徹太郎の三人で登山した。山の中腹で弁当を食べていた三人は、岩の裂け目に生えている、松の木を眺めていた。徹太郎は言う。

「最初に岩の割れ目に種が落ち、芽を出した柔らかい芽は、しだいに成長して、しまいには固い岩をも真二つに割って、その岩を両方に押している。目には見えないが、今でも押しているに違いない。命というものがどんなものか分かるだろう」

だが次郎は子供だったので、よく分からなかった。徹太郎はそんな次郎を見て、話を続けた。

「あの松の木は、何百年かの昔、一粒の種が風に吹かれて、あの岩の小さな裂け目に落ち込んだとする。それはその種にとって、運命だったたんだ。つまりそういう境遇に巡り合わせたんだ。そんな境遇に巡り合わせたのは、種のせいじゃない。種自身では、どうすることも出来なかった」

と徹太郎は一息ついてから話し出した。

「運命を喜ぶ、ということなんだ。どうすることも出来ないことを、泣いたり、恨んだりしたって、何の役にも立つものではない。それよりか、喜んでその運命の中に身を任せることだ。身を任せるということは、どうなってもよいと、いうことではないんだ。

あの松の木には、そういう本当の運命があったんだ。だからしまいには、運命の岩をぶち破り、それをつき抜けて、根を地の底に張ることが出来たんだ。松の木は今でも岩にはさまったままだが、もうそんなことは、松の木にとって何でもないことなんだ」と。

次郎が感動したように、私もこの徹太郎の言葉を噛み締めて、その後の人生を生きて行こうと思った。

又、次郎は中学生の時に、朝倉先生から『葉隠抄』を紹介された。

人に勝つ道は知らず
我に勝つ道を知りたり

よきことをするとは
何事ぞというに
一口《ひとくち》にいえば苦痛をこらうることなり

わがために悪しくとも
人のためによきようにすれば
仲悪しくなることなし

若きうちは　随分不仕合わせなるがよし
不仕合わせなるとき
くたびるる者は
役に立たざるなり

次郎が、これらの言葉に感銘を受けたように、私にも共鳴するものがあり、これらの生き方の指針を、座右の銘として、生きて行こうと、心に誓ったのである。

山岡鉄舟は、書道の名人と言われている人であるが、千葉周作の門人で、北辰一刀流の達人でもあり、「鬼鉄」と恐れられていた人でもあるという。

幕末の頃に、上野の大慈院に謹慎中の徳川慶喜将軍の身辺を警護していた人だという。

朝倉先生が言うには、山岡鉄舟という人は、非常な剣道の達人で、しかも幕末の血なまぐさい頃に働いた人だが一生、人を斬ったことがないらしい。戦争に出れば、斬ることもあったと思うが、そういう機会もなかったという。

日本人同士で戦うのを、非常に残念がっていた人で、徳川慶喜の旨をうけて、官軍に使いをした人でもある。決してむやみに人を殺さなかった。活人剣は人を生かす剣、それが山岡鉄舟の信念だったという。

登　山

苗場山登山

私は二十三歳の頃に、会社の先輩達に誘われて、苗場山（二一四五メートル）に登った。当時はまだテレビは普及していなかったが、ラジオからは山の歌が絶えず流れてきて、山がしきりに若者達を呼んでいた。

雪山讃歌

荒れて狂うは　吹雪か雪崩
俺達ゃ　そんなもの
恐れはせぬぞ
山よさよなら
ごきげんよろしゅう

また来る時にも　笑っておくれ

「山女」という言葉は、なかったのは残念であった。その昔、「女人禁制」の山があったというが、山の神は、女性の登山を歓迎してくれなかったようである。だがこの世には、男と女しかいない。若者達にとっても、男女混合での登山は楽しいに決まっている。

私の会社の休日は日曜日で、祝日は休みではなかった。だから登山する時は決まって、土曜日の夕方出掛けることが多かった。

登山を始めた時から、すでに長い歳月が流れている。当時の記憶も薄くなって来たが、幸いにも、登山する時に必ず持っていた小型の手帳が手元に残してある。この手帳には、出発した時間や、登山に要した時間などが書いてあるので、この手帳を参考にして、当時の記憶を辿ることにした。

登山の日が近づくと私は先輩から、登山ルートや予定時間などが書いてある手書きのプリントをもらった。

出発する土曜日は、会社が終わると、すぐに家に帰って、ガスコンロでご飯を炊いた。

私は当時、部屋を借りて下宿生活をしていたが、その町に住民登録を提出していなかったために、お米の配給券を持っていなかった。お米を自由に買える時代ではなかったので、配給券のない私は、お米を手に入れることが大変だったことを思い出す。

私は炊き上がったご飯に、梅干を入れて握り、苔で包んだおにぎりを、数個作った。前の日に用意しておいた、登山に必要な衣類や、チョコレートやアメ、それに果物、握ったおにぎりを新聞紙に包んで、リュックサックに詰め込んだ。

私のリュックサックは、少し小さめだったが、何泊もする登山ではないので、充分間に合っていた。

約束の集合時間が近づくと、私は身支度をして、パンパンに膨らんだリュックサックを背負い、水筒を肩にかけて帽子を被った。

この帽子には、これまでに登った山の、記念に買ったバッチが数個、付けてある。当時の若者の中には、登山した山のバッチを沢山、帽子に付けた人もいて、一種の誉りを意味していた。

私の登山靴は、革製ではなく、少し軽い布製の物であったが、この靴も足が疲れてくると魔物と化して、重くなったのである。

私は集合時間に間に合うように、家を出た。駅前の広場には、すでに仲間達が集まっていて、会社にいる時とは違って、皆生き生きと目が輝いていた。男女五人のパーティーである。

私達は、夜十時発の越後湯沢行きの蒸気機関車に乗った。車内で少し仮眠を取ろうと思ったが、落ち着かなく眠れなかった。人の声は聞こえなかったが、車内には、汽車が走る、ゴトン、ゴトンという音だけが、異常に大きく響き渡っていた。

苗場山の登山駅、越後湯沢に着いた時は、夜中の二時になっていた。

汽車を下りてバス停に行き、始発時間を確認した。五時五十分と書いてあった。バス始発までに時間があるので、駅の構内で仮眠をすることにした。

コンクリートの床に持参した新聞紙を敷き、壁に背をもたせて、私は眠ることにした。リュックサックを枕にしている人もいて、思い思いの格好で、皆くつろいでいた。駅の構内には、会社の休みを利用する登山の人や、旅行をする人達が歩く靴の音や、話し声が絶えず聞こえ、騒がしかった。そのせいもあって、私はあまり眠れなかった。

外が少し明るくなり、バスの発車時間が近づいたので、私達は身支度をして、バス停に向かった。

バスが走り出してしばらくすると、同乗している他の登山客から「苗場山に今朝、初雪が降った」という情報が入った。

湯沢駅の構内が異常に寒かったのは、そのせいであったかと納得した。

私は雪国に住んでいるが、十月二十日の初雪に合うのは初めてである。不安が脳裏を過った。冬山用の装備をしてこなかったからである。

（果たして登れるであろうか）

仲間達も動揺しているに違いない。そんな私達を乗せて、バスは黙々と走っている。

清津峡入口を過ぎると、乗客は私達だけになった。終点の祓川には、七時半頃に到着した。バスを降りて、私達はこれから、苗場山の中腹に建っている山小屋に行くのである。

晴天に恵まれた苗場山は今を盛りの、目が奪われるかと思える程の見事な紅葉で、私達を迎え入れてくれた。山麓には全く雪はなかった。情報が嘘ではないのか、とも思えた。

静まり返っている苗場山の周囲の山々には、私達の話し声や笑い合う声が木霊して、殊の外大きく響き渡っていた。

登るに従い、少しずつ紅葉した葉の上に雪が乗っていた。やはり雪が降ったのだと実感した。

祓川のバス停からはなだらかな坂道であり、一時間程歩いて、和田小屋（一三七〇メートル）に到着した。朝の八時過ぎであった。

和田小屋の周辺の台地には、薄く雪が積っていた。今晩、私達はここに泊まるので、必要な物をリュックサックに詰めて、残りは小屋に置いて行くことにした。頂上の天候が心配なので、少し休んだだけで小屋を出発した。

小屋近くは、比較的なだらかな登りになっていた。私達は、季節外れの初雪に出合えたことが、とても嬉しかった。

登山道や、周辺には雪が積って一面の雪原になっていた。私達は雪合戦をしたり、積った雪の上にパターンと仰向けに倒れて、雪の上に残った身体の跡が、小さいとか大きいとか、たわいのないことを言い合ったりしながら、笑い合って遊んでいた。雪が積った苗場山を囲む周囲の山々は見事な紅葉であり、山々も、残りの秋を私達と一緒に楽しんでいたのかも知れない。私達はしばらく遊んでから、そこを出発して下ノ芝に向かった。これまでの登りとは違って急坂になった。雪が積って見えなくなった道を、先頭の先輩は道を捜しながら登って行く。話し声も消え、皆静かに登っていた。しばらく登ると、下ノ芝に到着した。

ここに立って周囲を見渡すと、景色が、ガラリと変わった。頭上には青空が広がり、白一色の苗場山と、紅葉真っ盛りの周囲の山々、白と紅葉のコントラストは、たとえようもなく、すばらしい景観を呈していた。

想像さえもしていなかった、奇跡に近い初雪の積った苗場山に、私達は招かれたのだ。自然が作ったこの現象を目の前にして、私達はその場所に、ただ立ち尽くしていた。

当時の写真は白黒なので、脳裏に記憶しておいた色彩に頼るしかない。だが長い年月が過ぎた今は、当時見た色彩が薄くなったのが残念である。でもこの時に感動した思いは、幾歳月が流れても、決して忘れはしない。

頂上が気になるので、早めに下ノ芝を出発して、神楽ヶ峰（二〇三〇メートル）に向かった。この峰に立つと、峰伝いに冷たい風が吹いてきた。冬登山用の服を着ていない私達は、その寒さに震えた。

神楽ヶ峰は外輪山の頂上で、本来ならここから苗場山の頂上が見える筈だが、今はガスが立ち込めていて、頂上の姿は全くなかった。

神楽ヶ峰からは下りになっていた。せっかく登ったのに、と恨めしかった。寒さも加わり、疲れも出て来た。不安が頭の中を過った。

ガスで周囲が全く見えない坂道を、一歩一歩注意しながら下りて行った。足が疲れていて、靴は魔物のように重くなってきた。

下り坂の中程まで下りた時、先輩達が雪の上を指差して、動物の足跡があると言った。雪が積った斜面の上に、谷の方に向かって、動物の足跡らしきものが付いていた。「もしかしたら熊かも知れない」と仲間が言った。熊に会ったらどうしよう。恐怖が体の中をめぐった。寒さと疲れ、それに不安が加わり、身体がさらに重くなってきたが、行くしかない。

ようやく鉢状の底に着いた。ここはお花畑と案内書にあるが、今は雪が降り積って、その存在は全くなかった。前の日に登っていたら、珍しい植物に出合っていたかも、と少し残念であった。

目前に頂上へ向かう登山道があるはずだが、上りの道には雪が積り、手探りで登るしかない状態であった。しかも周囲はガスが立ち込め、先頭を登って行く先輩の姿は見えなかった。先輩達は積雪の登り坂を、雪を踏み締め、一歩一歩慎重に登って行く。後を登る仲間は、前の人の靴跡に、自身の靴を乗せて登って行く。皆無口で、呼吸を荒くしていた。気力だけの登りであった。ガスで先頭を登る先輩達の姿は見えなかったが、しばらく登ると頂上の明るい雪原が現われて、ホッとした。和田小屋を出発してから三時間程の時間で到着した。

〈文　献〉

苗場山の頂上には、食物の神様が祀られ、豊作を祈願する信仰の山である。頂上の周囲は四キロメートルの平地になっていて、苗を植えたような草が繁った湿原で、大小さまざまな池塘が点在することから、苗場山と山名がつけられた。保食神《うけもちのかみ》の銅像が安置され「伊米神社」がある。

頂上には二十センチ程の雪が積り、一面の雪原になっていた。雪原の上に漂うガスは、吹く風に揺れ荒涼とした世界であった。

頂上にある、本来の姿を見ることが出来なかったのが残念であった。山の天候は気紛れである。一刻も早くここを離れなければならない。

私達は、頂上の周囲に生えている木の繁みの中に入り、吹く冷たい風から身を守るようにして、雪の上に腰を下ろし、各自持参してきた数枚の新聞紙を燃やし、凍えてかじかんでいる手を炎にかざして温め合った。

おにぎりなどの昼食を急いで食べ、休憩時間は三十分程で、私達はそこを出発した。

積雪のために登れないかもと心配したが、無事登ることが出来、心が軽くなった。

疲れてはいるが、帰りは登って来た道を辿って下りればよいから、安心であった。

靴が滑らないように気を配って、階段状になっている急坂を下りて、お花畑に着いた。

ここから上りになる。雪原に付いている動物の足跡を気にしながら登って行き、神楽ヶ峰に到着した。再びここに立つと、先程あったガスは消えて、頭上には青空が広がり、苗場山の頂上が少し見えた。私達は神楽ヶ峰を出発して下ノ芝に向かった。

下ノ芝に立つと、又周囲の紅葉の山々が姿を現わした。白銀と化した苗場山から眺める

郵 便 は が き

料金受取人払郵便

新宿局承認

3971

差出有効期間
2022年7月
31日まで
（切手不要）

1 6 0-8 7 9 1

141

東京都新宿区新宿1－10－1

（株）文芸社

愛読者カード係 行

ふりがな お名前		明治　大正 昭和　平成	年生　歳
ふりがな ご住所	□□□-□□□□		性別 男・女
お電話 番　号	（書籍ご注文の際に必要です）	ご職業	
E-mail			
ご購読雑誌（複数可）		ご購読新聞	新聞

最近読んでおもしろかった本や今後、とりあげてほしいテーマをお教えください。

ご自分の研究成果や経験、お考え等を出版してみたいというお気持ちはありますか。

ある　　ない　　内容・テーマ（　　　　　　　　　　　　）

現在完成した作品をお持ちですか。

ある　　ない　　ジャンル・原稿量（　　　　　　　　　　　　）

名				
買上 店	都道 府県	市区 郡	書店名	書店
			ご購入日	年　月　日

書をどこでお知りになりましたか?
1.書店店頭　2.知人にすすめられて　3.インターネット(サイト名　)
4.DMハガキ　5.広告、記事を見て(新聞、雑誌名　)

の質問に関連して、ご購入の決め手となったのは?
1.タイトル　2.著者　3.内容　4.カバーデザイン　5.帯
その他ご自由にお書きください。

(　)


書についてのご意見、ご感想をお聞かせください。

内容について

カバー、タイトル、帯について

弊社Webサイトからもご意見、ご感想をお寄せいただけます。


協力ありがとうございました。

お寄せいただいたご意見、ご感想は新聞広告等で匿名にて使わせていただくことがあります。

お客様の個人情報は、小社からの連絡のみに使用します。社外に提供することは一切ありません。


書籍のご注文は、お近くの書店または、ブックサービス(0120-29-9625)、セブンネットショッピング(http://7net.omni7.jp/)にお申し込み下さい。

周囲の紅葉の山々。見飽きることもない、すばらしい景観であった。この様な景色に再び出合うことはないかも知れない。私達は脳裏に刻み込むようにして、周囲を見渡していた。

仲間の誰かが、ヤッホーと言った。私達も釣られて、ヤッホーと大声で言った。ヤッホー、ヤッホーと山が返してきた。私達だけの世界であり、一人占めの山になっていた。名残りに近づいている紅葉の山々も、私達との出合いを、歓迎してくれていたに違いない。

身体が寒さで冷え、疲れも出てきているので、私達は後ろ髪を引かれる思いで下ノ芝に別れを告げて、和田小屋に向かって下山した。

和田小屋が近くなると、仲間達の靴から、歩くたびにガッポ、ガッポと音がした。私達は何の音だろうと、顔を見合わせた。雪を漕いで歩いたため、ズボンに附着した雪が体温で温められて水になり、その水が靴の底に溜まったのだと気付いた。

私達は無事に和田小屋に到着出来、ホッとした。苗場山の頂上を出発してから、二時間で下山した。上りより一時間の短縮で下りたことになり、時刻は二時を過ぎていた。雪道であったので、予定時間より早く登れたようであった。

小屋の中の囲炉裏には、炭が赤々と燃えていて、部屋の中は暖かくなっていた。私達は濡れた靴を囲炉裏の周りに並べ、靴を乾かした。宿の主人の気配りが嬉しかった。私達は燃えている囲炉裏に、冷たくなった手をかざし、身体を温め合った。

夜になり暗くなると、部屋には石油ランプが灯された。山小屋にはランプがよく似合っていた。宿の主人が囲炉裏の部屋に、布団を敷いてくれた。疲れていたのと、明日のことを考えて、少し早い時間であったが、私達男女五人は、川の字になって布団に身体を横たえて眠った。

翌日も、昨日と同じく、すばらしい晴天に恵まれた。

私達は朝食を食べ、五時半に山小屋を出発した。これから下山して、清津峡を縦走するのである。

苗場山の麓に到着すると、昨朝と同じく、青空が頭上に広がっていて、木々の紅葉も相変わらず、燻り出したような色彩を放っており、この景色に私達は、再び酔い痴れていた。

この地方の季節としては、珍しい冬山の体験をさせてくれた苗場山に、精一杯の感謝をして、後ろ髪引かれる思いで私達は、山に別れを告げた。

昨日の朝、バスで通った道を歩いて下山し、八木沢に七時半に到着した。

和田小屋を出発してから、二時間程歩いたのであった。

清津峡登山

これから、清津峡温泉まで縦走するのである。

〈案内書〉

清津峡は、新潟県上信越高原、国立公園内にあり、富山県の黒部峡谷と、三重県の大杉峡谷とを合わせて、三大峡谷と呼ばれている。

清津峡の両側の山地は、五〇〇メートルの深さまで、侵食されていて、そのまん中に清津川が流れている。

この清津峡の源流は、新潟県と群馬県境の白砂山（二一四〇メートル）附近で、清津峡を流れて、中里村を縦断して信濃川に合流している。

清津峡の岩壁は、マグマが固まる時に、収縮して、四～六角型の、棒状の岩となり、木材を寄せ集めたように、見えることから、材木岩と呼ばれる。

私達は清津峡入口の八木沢を八時頃に出発して、むささび橋に向かって歩いて行った。

登山道は急坂ではなかったが、岩や木の根などがある道で周囲には峡谷の雰囲気は全くなく、歩きづらい疲れる道だったと記憶している。

しばらく歩いて、むささび橋に到着した。八木沢バス停から一時間半程歩いて、九時半になっていた。

ここに立つと、風景がこれまでとはがらりと変わり、待ち望んでいた峡谷が現われた。左右に切り立った岩壁がそびえ立ち、その両側の岩壁の中程に、清津川が流れている。岩壁を形成している、棒状の岩のすき間に、しがみつくように生えている木々は、今を盛りの紅葉であり、岩壁の色と調和して、紅葉をさらに引き立てていた。昨日登った苗場山とは、全く趣を異にして、私達を迎え入れてくれた。

清津川を流れる水音は、両側の岩壁に木霊して「コロ、コロ」と、音楽を奏でているように、谷底に鳴り響いていた。

むささび橋で少し休憩してから、私達は高石沢に向かって歩いて行った。

清津峡は、比較的に平坦な登山道で、時折二、三組の登山客に出会ったが、峡谷の中は静かで、私達の話し声や笑い声だけが殊の外大きく、紅葉に彩られた岩壁に木霊しており、この峡谷も私達は、一人占めしていた。

高石沢を出発し、足尾沢に到着した時は、お昼の十二時であった。私達はここでお昼を食べて、少し休憩した。

足尾沢には吊橋が設置してあって、川を渡るようになっていた。吊橋の底には板が張られていたが、所々板がない所もあり、その穴から下に清津川が見えた。

仲間五人が乗ると、その吊橋がゆらゆら揺れた。仲間達がおもしろがって吊橋を揺らすので、私は吊橋に掛けてあるワイヤーにしがみついて渡っていた。

銚子滝に到着すると、ここには小さな滝があった。

私達はここで休憩して、写真を撮ったり、たわいのないことを言いながら、笑い合ったりして、青春を満喫していたのである。

私達は銚子滝を出発して、清津峡温泉に向かった。清津峡温泉入口近くまで来ると、マイカーや、バスなどで訪れて来た観光客で賑わっていた。いよいよ神秘な景観の清津峡ともお別れしなければならない時が来た。後ろ髪引かれる思いで、清津峡温泉に向かった。

八木沢を出発してから、五時間程の時間をかけて、清津峡温泉に到着した。

奇跡とも思われる体験をさせてもらった苗場山、岩壁に生えた木々の紅葉のすばらしい景観を見せてくれた、清津峡。私はこの時の体験を、幾年月を過ぎても決して忘れはしない。

奥穂高岳登山

私は二十五歳の時に、会社の先輩達に誘われて、奥穂高岳（三一九〇メートル）に登った。梅雨が明けた、七月の下旬であった。

私達は、夜九時発の松本行きの汽車に乗った。車中には、汽車が走るゴトン、ゴトンという音が、大きく響き渡っていた。明日の登山のことを考えて仮眠を取りたかったが、眠れなかった。四時間程乗って、松本駅に着いた。島々行きの始発バス時間は朝の三時半であるため、私達は駅構内で仮眠をすることにしたが、落ち着けなくて眠れなかった。身体を休める程度で、横になっていると、出発時間が来た。バスに乗ると皆静かに眠っていた。バスは途中で何かあったのか、しばらく停車していたので、予定時間より少し遅れ、島々のバス停には朝の六時に到着した。私達はバス停を出発して、河童橋に向かって歩いて行った。

河童橋は、丸太で作られていたように記憶している。周辺には人の姿があったが、それ程に多くはなかった。私達はそこで朝食を食べ、少し休憩してから出発して徳沢に向かった。徳沢には、二時間程歩いて、八時二十分頃に到着した。私達はそこで三十分程休憩してから、横尾に向かった。途中で、時折二、三人のパーティーに出会ったが、人の姿もまれで、静かな登山であった。私達が歩いて行く道の左側に、梓川が流れていた。川幅は広く、川底の小石の上を流れる水はさざ波を作り、「さらさら」「チョロ、チョロ」と音を出していた。風が木々を揺らす音と、流れる水音が、周辺の切り立った山々に木霊していた。さらさら、コロコロ、と。そして吹く風がゴーッと鳴り、荘厳な音楽を奏でていた。

私がその時に聞いた音色は私の耳の中に残っていて、幾歳月が過ぎても決して消えないのである。

徳沢から一時間半程歩いて、横尾に着いた。ここは、槍ヶ岳と、奥穂高岳行きの、分岐点になっていて、キャンプ場になっていたのか少しざわついていたが、人の姿は、ちらほら見える程度であった。

ここには橋がかかっていた。私達が休憩して、写真を撮ったりしていると二、三組のパーティーが橋を渡って行ったので、私達もそこを出発して歩いて行くと、大きな屏風岩が見えてきた。

本谷橋に着くと、前に歩いていた三人程の人達が休憩していたので、私達もそこで少し休むことにした。出会う登山客は少なく、のんびりとした道であった。だが屏風岩を回るように歩く道はとてもきつく、疲れる道であったと記憶している。

涸沢ヒュッテに到着した。横尾を出発してから、二時間半程歩き、時刻は昼の一時頃になっていた。私達は昼食を食べたり、写真を撮ったりして、疲れている身体を休めた。

涸沢ヒュッテは、大小の岩を敷き詰めた平地になっていて、奥の方に、色取り取りのテントが張られていたが、人の気配は全くなく、ひっそりとしていた。

私達の他には、五人程の登山客がいて、それぞれに、休憩していた。

この涸沢ヒュッテに立つと、奥穂高岳や前穂高岳が前方にそびえ立ち、開けた場所であった。丁度一年程前に登った、白馬岳の大雪渓の景色に似ていた。

白馬岳は雪渓があるので、滑らないように靴にアイゼンを付けて登ったが、ここ涸沢は雪がないので、そのまま登るのである。

登っても、登っても、奥穂高岳の頂上に行きつかなかった。

お花畑に来たら、私の足は突然に動かなくなった。足が疲れで硬直して、ストライキを起こしたのである。「このまま登れなかったら、どうしよう」と、不安が頭の中を過った。もしかしたら、救助の人達を呼ばなければならないかも知れない。私の心の中は穏やかでなかった。そこで少し休んで足を上げたら、動いたのだ。「あゝよかった」と、安堵したが、数歩しか登れなかった。それでも、休むと足は少しは動くので、登っては休み、又登ることを、繰り返すことにした。

仲間達には申し訳ないので、先に行ってもらった。時折登ってきた四、五人の人達が、私を追い越しながら、「もうすぐだよ、がんばってね」と声をかけてくれた。時間がかかり遅くなったが無事山小屋に着くと、仲間達が喜んでくれた。そんな訳で、私はお花畑の植物を見られなかったのが残念であった。島々のバス停を出発してから九時間程の時間を要し、夕方の四時頃、山小屋に到着した。

山小屋の周辺は、切り立った岩が乱立していて、その岩と岩の間に吹く風が、ぶつかり合い「ゴオーッ」という、不気味な音を出していた。切り立った岩の上から下を覗き見ると、谷に身体が吸い込まれそうな感じになり、私は恐怖を覚えた。谷底からは、絶えず冷めたい風が、舞い上がっていた。

この厳しい自然に接していると、人間の住んでいる所が、ちっぽけな空間に見える。

私はよく、命の洗濯のために、山に登るのだ、などと生意気を言っていたが、実際に山に登ることにより、私の精神は救われたのである。

自然

山は天に向かって
どっしりと　座っている
人間のように、嘘を言わないから

海は　清くゆったりとしている
人間のように　狡くないから
偽りのない自然に囲まれて
なぜ人間は　愚かになるのだろうか

奥穂高岳頂上近くに建っている山小屋には大勢、登山客がいた。私達が涸沢から登る時に出会った人は少なかった。涸沢ヒュッテでキャンプをしている人達が、早い時間に登っていたのかも知れない。布団が部屋に敷き詰めてあり、一人一枚程であった。私は隣に眠っている男の人に、寝返りを打つたびに触れそうで、落ち着いて眠れなかった。

翌朝は、小屋で作ってくれた食事をして、四時頃に山小屋を出た。山小屋の近くの切り立った岩山を登ると、奥穂高岳の頂上に出る。

私達は早い出発だと思っていたが、その岩山はすでに、上り下りをする人達でごった返していた。梯子が掛けてある所や、鎖場もあって、険しく危険な登りであった。

私達はこの急な岩場を登り、頂上に着いた。

これから前穂高岳方面に行くのだが、このルートに来る人は、誰もいなかった。大勢の人が登っていたが、涸沢ヒュッテに下山したり、他の山に縦走したりしたのであろうか。

晴天に恵まれ、奥穂高岳の頂上に立つと、涸沢岳や、北奥穂岳、槍ヶ岳など、三〇〇〇メートルを超える山々が、尾根伝いに連なっていた。

私はピョン、ピョンと、尾根を飛んで行きたい衝動にかられた。そして又、両手に翼を広げて鳥のように、あの雲の上に乗れたらどんなにいいだろうか、とも思った。

奥穂高岳の頂上を出発して、私達四人のパーティーは前穂高岳に向かった。尾根の登山道は、ざくざくとして、歩きにくい道だったことを思い出す。

これから私達は、前穂高岳入口から、涸沢岳の小屋に向かって下山するのである。ここからは、大きな岩が沢山ある急な下りで、一歩踏み外せば、真っ逆さまに転落するかと、ともすれば思える程の恐い坂道であった。所々の岩に赤い丸で道の印が付けてあったが、ともすれば迷いそうな道であった。途中に、梯子が設置された所や、鎖場もあった。一歩一歩神経を集中して下りて行き、無事岳沢ヒュッテ（二二二〇メートル）に着け、ホッとした。朝の九時に到着した。

小屋の中で、三人の男の人がビールを飲んでいた。私達もさそわれて少しビールを飲むことにした。私はコップに半分程飲んで、おいしかった。

岳沢の小屋で少し休憩して、これから河童橋まで下山するのである。

岳沢の小屋を出て少し歩いたら、私の足が又動かなくなった。こんどはアルコールのために足の筋肉が緩んだようで、足に力が入らなくなったのだ。

「まただ！」

頭がパニックになり、動揺した。たまたま、その場所には小川が流れていて、少し開けた場所になっていた。仲間に申し訳なかったが、私は素足になって、小川の岩の上に腰を下ろし、水中に足を浸した。水は冷たく、とても気持がよかった。仲間達も待ってくれた。周囲に生えている木々は、枝葉が繁っていて、木陰を作り、涼しい風が流れていた。

もしかして、下山出来なかったら、どうしよう、と不安で頭の中は一杯であったが、少し休んだら、酔いが覚めてきたようで、足が動くようになった。「あゝよかった」と胸をなでおろした。私はこれを機に、登山の時には決してアルコール類を飲まないと、心に誓ったのである。

そこを出発して歩いて行くと、途中に明神岳入口があった。予定していない所で、身体も限界に近い程に、疲れていたが、二度と来ることはないであろうと思い、明神池に行くことにした。気力で足を攀じるように一時間程歩いて、明神池に到着した。お昼の十二時になっていた。

後になって地図を見たら、昨朝歩いた梓川沿いの道から入れば近かったのであった。岳沢ヒュッテで一緒にビールを飲んだ人達は穂高岳に登って行ったのであろうか。下山ルートでは会わなかった。

この明神池にも、人はいなかった。自然で人の手が入っていない、素朴な池であった。ちょろ、ちょろと、流れる水音と、木々を揺らす風の音がするだけで、静かな、ホッとする空間であり、自然の箱庭のような感じがした。足の疲れは限界に近かったが、やはり来たのは正解だったと満足し、大きな岩に腰をおろした。池の神秘な、自然の中に、身体を浸すことが出来た幸せに、私は感謝した。

長くいたかったが、帰りのバス時間が気になるので、後ろ髪引かれる思いで、来た道を引き返して、明神池入口に辿り着いた。そこから下って、河童橋には、朝、奥穂高岳の山小屋を出発してから九時間程で下山したのであった。せっかくここまで来たのだからと、私達は河童橋から、大正池まで歩くことにした。

〈案内書〉

大正池は、大正四年六月六日に、焼岳の大噴火で、泥流を押し出して、梓川をせき止めて出来た池である。

池の中に噴火で枯死した白樺が、数本立っていた。珍しい景色であった。

私はあれ以来、上高地を訪れていない。思い出を辿れば、なつかしく心が揺さぶられる。すでに五十年程の、歳月が流れてしまった。

振り返れば、青春とは、神様からの、すばらしい贈り物なのかも知れない。若者達には、不可能を、可能に出来るエネルギーを、蓄え持っているような、気がするのである。

老人になってしまった、今の私には、登山することはもう出来ない。永い旅路を生きなければならない人間の私達は、その時、その瞬間を、精一杯生きてこそ、後悔のない人生を送れるのではないかと、思えるのである。

清津峡の変貌

私は、青春時代に清津峡入口の八木沢バス停から、清津峡温泉まで縦走したが、あの時からすでに、数十年の歳月が流れている。

たまたま先日、塩沢温泉に行く用事があったので、当時を思い出して、清津峡に行ってみることにした。

清津峡温泉の駐車場にマイカーを止め、清津峡入口を探したが、峡谷への道はなかった。行ったり来たりを繰り返していると、入口があった所に、トンネルが掘られていることに気付いた。トンネルは、峡谷に沿って掘られていたのであった。

〈案内書〉

昭和六十三年七月に、登山道を歩いていた男性が、小さな落石を頭に受けて、亡くなるという事故があり、それ以来登山道は封鎖され、通行も、立入りも出来なくなった。

しかし、名勝の清津峡を放置することは、出来ないという意見があり、平成八年に、峡谷に、トンネルが掘られて、オープンされた。それに山越えルートの登山道が、平成五年に整備されている。

トンネルの全長は七五〇メートルあって、第一、第二、第三の見晴所が設置されていた。

これらの見晴所からは、清津川の向こうに棒状の岩壁を見ることが出来た。

第三見晴所の奥に、パノラマステーションが設置されていた。この場所に立つと、清津川を真ん中にして、両側に岩壁が現われた。

私はこの場所で、四十年程前に歩いた登山道はないかと、目を凝らして捜した。

「あったー」

少し崩れてはいるが、登山道を発見し、心が震える程の感動と、衝撃が全身を走った。

青春時代に体験した大切な思い出を失い、落胆していた私の心の中に、この登山道の発見は、せめてもの慰めになったのであった。

登山道を歩いた同志として、亡くなられた方には、心からご冥福をお祈りしている。

だが、清津峡谷特有の、自然が造形した風景の美しさは、登山道を歩いてこそ味わえるのであり、心の宝物として持ち続けてきた私にとっては、その登山道の変容はとても寂しく残念でならないのである。

第二章　幼少期

村の生活

東西に小高い山が連なり、その山との中間の台地には、田畑が広がっている。私はそんな小さな集落に生活していた。

農地も一軒当りとしては少なく、村内の人達は、大工職人や、酒作りの職人、それに、茅葺きの職人、会社に勤めている人など、農業と兼業している人も多かった。

雪が融けた遅い春が来ると、牛を操って田を耕している、「ドウドウ」という人の声が聞こえてくる。その年の農業の始まりである。

パチャ、パチャ、と田んぼの中で牛が暴れて、田んぼの土を踏み荒らしている音を時折、耳にすることもあったが、牛にもそれなりの言い分があったのではないか、と思うのである。

牛は大切に育てられていた。家の玄関の隣にある納屋や、家屋の近くに建っている小屋などに飼われていて、牛が鳴く「モウ、モウ」という声が、村内のあちこちから絶えず聞こえていた。

鶏を飼っている家もあった。鶏達は昼間は放し飼いされていたので、他家の庭の中に入って、自由に赤い鶏冠を振りながら、餌を啄んでいた。「シー」と鶏を追うと、「なによ」というように振り向き、走りながら、コッ、コッ、と鳴いて餌を啄んで行った。

毎朝、明方近くになると、「コケコッコー」と鳴く雄鶏の声が、静寂の村内に、一際高く聞こえてくるのであった。私はその鳴き声で必ず、目覚めていたが、まだ私が起きる時間には早かったので、又眠りに就いていた。もしかしたらその鳴き声は、農家の人達の、目覚し時計になっていたのかも知れない。農機具も乏しい時代で、農作業は人力が頼りであったから、農家の人達は、朝早くから田畑で働いていた。

山羊を飼っている家もあった。家の道路近くの納屋に飼われていた山羊は、通る人を見ると、「メー、メー」と鳴いて、愛嬌を振りまいた。私はその人懐っこい顔に出会うたびに、山羊に笑顔を返していた。山羊の乳は、母乳が出ない母親に代わって、赤ちゃんを育ててくれたのである。

囲炉裏

囲炉裏は、村内のどの家にもあった。囲炉裏の上の天井から、「かぎさん」が吊るされていた。「かぎさん」は、竹や鉄で出来た一本の長い棒で、下の方に、ヤカンや、鍋の鉉を吊るす金具が付いている。囲炉裏にはかまども設置してあり、ご飯や料理を作っていた。

この囲炉裏で燃やす薪木が必要であり、当時は、春山、秋山と言っていた、山の仕事があった。山に植えてある木の枝を下したり、間伐した木を薪にしたり、落葉を掻き集めたりして家に持ち帰り、家の中の納屋などに入れて、囲炉裏で燃やしていた。だから当時の山は、きれいに整理されていたのである。

私の家は、父が単身赴任をしており、不在であったので、近所の人に頼んでその仕事をしてもらっていた。

人頼みの時には、小昼という軽い食事や、おやつなどを用意するので、私は母の手伝いをすることが多かった。

この囲炉裏は、料理の他、冬は部屋の暖房にもなっていて、朝起きると最初にする仕事は、囲炉裏に火を燃やすことであった。

冬の朝は、家の周囲は雪が積っているために、冷たい湿った空気が常に部屋の中に漂っていた。だから火を燃やすと、部屋の中が暖くなるのであり、囲炉裏は、一家の団欒の場所でもあった。手作りの甘酒やお茶を飲む時は、大根や白菜などの漬物が、常にお供していた。再び体験することが出来ない、思い出の場所である。

かぎさんに鍋を吊るして、煮物などを作っていたが、ハイハイする幼子が、その吊るしてある鍋に興味を持つのであろうか、囲炉裏の中に手を伸ばして、鍋を引っくり返したり、囲炉裏の中に落ちたりして、火傷をする幼子もいた。当時は医療も乏しい時代であったので、大人になっても、火傷の跡を残している人もいて、かわいそうであった。

屋根替えの仕事

村内に建っている家は、ほとんどが茅葺きの屋根であった。母は十年に一度屋根を替えると言っていたが、大変な仕事であった。

囲炉裏で薪などを燃やすと、天井に煤が舞い上がって、葺いてある茅に沢山付着していた。茅を葺く職人や、その手伝いをする人達は、顔や身体を煤で真っ黒くして働いていた。

畑仕事

母が育った家は農家でなかったので、畑仕事は上手でなく、大変だったようだが、食糧が乏しい時代であったので、家の近くの畑や、山を開墾して作った畑で、ソバや芋類、それに薬物野菜などを作っていた。母は身体が丈夫でなかったので、私はよく母の手伝いをしていた。私は、幼少の頃は身体が弱かったが、中学生頃になると体力も出て来たのである。

村内の畑の土は、粘土質が多く、土が硬かった。私が三本の刃の付いた鍬で土を掘り起こすと、母は私の後ろにいて、大きな塊を刃の先が平らになっている、平鍬で細かく砕くのであった。当時は野菜作りの肥料に、人糞や尿、それと牛や豚、鶏などの糞を使用していた。

山を開墾して作った、遠い山の畑に糞尿を運ぶ時は、肥桶と言っていた、木の樽の中に糞尿を入れて運んでいた。

バッタと呼んでいたと思うが、わらを編んだ袖がない物を背中に着て、肥桶を担ぐのである。肥桶は紐で身体に結び付けるが、紐が少し長くなっており、母の身体に結んで余った紐を、私は母の前に立って肩にかけ、母を引っ張るようにして歩くのであった。

こうすると母は少し楽に歩けたようで、小学生の頃は、よくその手伝いをした。

山の畑に行く細い道には、所々に、丸太を組んで作った休み場所があり、担いでいる肥桶を、その丸太の上に乗せて、休憩をしていた。

畑に肥桶を運ぶ人達は、その場所で休憩し出会う人達と、話をしたりしていた。

山の道は、急坂になっている所があったので、身体が弱かった母には、辛い仕事であったに違いない。終戦後の昭和二十年代の頃であり、誰もが必死に働いていたのであった。

村の水泳場

私の家の近くに細い川が流れていた。その川には少し湾曲した所があり、水深も川幅もあったので、その場所は夏の暑い日などは、小学生止まり位の子供達の格好の水泳場になっていた。

学校から家に帰ると、子供達が手や足で水面を叩いて泳いでいるドンドン、バタバタという音や、賑やかな笑い声などが聞こえるので、私はそれらの声や音に誘われて、よくそこに行っていた。空腹の時などは、庭の小さな畑でナスや、きゅうりをもいで、食べながら行っていた。

女の子達はパンツをはいていたと思うが、幼少の子供達は何も着ていなかったと思っている。男の子達のことは忘れてしまった。

この小さな川は、大雨が降ったりすると増水して、周囲の田畑をのみ込んで、大きな川に変わった。私達はその増水した川の、少し流れが緩やかな場所で泳いでいたが、一人の女の子が流されそうになったことがあった。

男女合わせて十五人位泳いでいたように思う。その時に女の子を助けた男の子がいた。

ひやっとした出来事であった。

あれから五十年程過ぎた時に同級会があって、助けた男の人に当時のことを聞くと、覚えていると言って、「私は赤いフンドシをしていました」と言った。男の子達は、フンドシをしていたらしい。

又この増水した川には、悲しい出来事があった。入学前の小さな子供が、増水した川の土手で遊んでいて、足を滑らせ、川に流されたのである。橋の袂に水桶が置いてあり、通る人達が供養していたことを思い出す。

お風呂

私の家は、近くの山の湧き水を、生活用水に使っていた。山の中に湧いている水を、竹筒や鉄管などに流し、畑や田の土の中に埋めて、家まで引き、近所の家と共同で使用していた。家の台所には、大きな水瓶が土の中に埋めてあり、少し高い所から水瓶の中に水の落ちる音が、サラサラ、チョロチョロ、と常に聞こえていた。

お風呂は、台所とは少し離れた所にあって、水を入れるのにポンプを使っていた。

ポンプを置いてある位置は少し高かった。ポンプの柄《え》を上にあげて、下ろす時に水がお風呂の中に入るので少し重くなる。私が小学校低学年の頃は背が低かったので、ポンプにぶら下がって、お風呂に水を入れていた。お風呂の水は、ポンプを下ろした回数が、ある数までくると一杯になるので、私は大声で数え上げながら、ポンプを下ろしていた。

焚口は部屋の壁の外にあり、枯枝や薪を燃やしていた。火吹き竹と言っていたが、竹の中の節をくり抜いた、少し長めの筒で、火に息を吹いて、燃やすのである。時折煙が目の中に入ると、目に染みる。その痛さは格別で、ぽろぽろと涙を流していた。お風呂の中に水を入れて湯を沸かすのは、私と姉の仕事になっていた。

お風呂の桶の中の片側に、銅の釜が付いている。その銅釜は少し熱くなっているので、釜に身体が触れないようにお風呂に入るのであった。

村内の子供達は、忙しく田畑で働いている両親達の仕事や、家事などをよく手伝っていた。当時の家には兄弟が多かったので、年上の子供達は、幼い妹や弟の子守りをしながら遊んでいる子供達もいた。三世帯同居の家もあり、おじいさんや、おばあさんが、子守りをしている家もあった。当時を思い出すと、なつかしくなる。

お盆の思い出

故郷を遠く離れて長い歳月が流れ、お盆も又、同じ数だけ通り過ぎて行った。

八月のお盆の頃になると、いつも私は、子供の頃のことを思い出している。

庭の草取りと掃除、それにお墓の掃除が、私と姉の仕事になっていた。結婚して遠くに住んでいる叔父や叔母達も里帰りするので、その準備をする母の手伝いもした。

お墓の掃除は、沢山あった。分家に出て遠くに住んでいる大叔父の墓、母は一人っ子だったので、母の結婚と同時に故郷を引き払って移り住んで来て亡くなった母の両親の墓、遠い昔に巡礼して来て私の家で亡くなったと聞かされている、上の方が尖って円柱型をしている尼さんの墓、それに私の家の墓である。

掃除が終わると、私の家の墓の前に、細い竹で小さな棚を作った。そしてその棚の上になすの子を置き蓮の葉を乗せた。

お墓は、神社の裏の小高い山の斜面に造った共同墓地にあった。

お墓には所々に大木が生えていて、枝葉が繁っているので、昼間でも薄暗く、じめじめしていて不気味な雰囲気が漂っていた。

八月十三日の夕暮れ頃になると、神社の境内に盆踊りのために作られた、やぐらから、太鼓の音が聞こえてきた。

夕飯を食べてから、お墓参りに行く準備をした。ロウソクとマッチ箱、線香、それに水が入ったヤカンを、手分けして持った。私は末っ子なので、中学に入っても小さな盆提灯を持たされた。

母は、手作りの小豆あんをからめた団子と、夕顔（ヘチマに似ている）の実と、茄子をさいの目に切り、重箱に入れ、その重箱を風呂敷に包んで持って行った。

お墓へ行く道は、お参りが終わり家に帰る人や、行く人で賑やかであった。

普段は仕事に追われて、忙しくしている人達も、お盆には休むために、仕事から解放されて、皆くつろいだ顔をしていた。

学校を卒業して、都会で働いている若者達も、ちょっと大人の顔になり、帰って来た。道で行き会う人達が、「おばんです」などと挨拶をしたり、話をしたり、なごやかな雰囲気が漂っていた。

お墓に着くと、お墓の前の棚の蓮の葉の上に、母は風呂敷で包んで持って来た重箱から、夕顔と茄子、それに団子を置いた。子供達はお参りが終わるとこの団子がもらえるので、蓮の葉の中に、それぞれの家の味がする団子を入れて、墓地を飛び回っていた。きなこや、ゴマなどをまぶした団子もあったようである。

普段は不気味に静まり返っている墓地はお盆になると、子供達の走り回る足音や、笑い合う声がして、賑やかになるのであった。

ご先祖様も、この日を待ち、楽しんでいたのかも知れないと、私は思っている。

神社の境内のやぐらからは、太鼓と盆踊りの歌が流れて来て、村の人達を踊りに誘っていた。

私の家では、お墓から帰ると、「おしらえさん」と呼んでいた、精霊棚に明かりが灯された。

母は棚の前に置いてある、小ぶりの太鼓を叩いたり、木魚をポンポン叩いたりして、お経を唱えていた。

振り返れば、忘れてしまったかに見えた、お盆の当時の情景が、脳裏に鮮明に映し出されてくる。なつかしい、かけがえのない思い出である。

当時村内に住んでいた人達、それに私の両親や、兄姉達はすでに亡くなっている。

あの情景を再現出来たら、どんなに嬉しいか、と思うこの頃である。

村の映画館

終戦後の昭和二十年代は、小学校の講堂が臨時の映画館になるのであった。

小学校の周囲には、幾つかの集落が点在していた。それらの集落は、山麓であったり、川の側にあったり、思い思いの場所にあり、数十軒で一つの集落を形成していた。

映画は不定期に、たまに来たが、学校の周囲にある集落の人達が、小学校に集まって来るので、全く知らない人とも、一緒に見ていたのである。

当時私は、母と姉と三人で生活していたが、私は常に一人で映画を見に行っていた。母と姉と一緒に行った思い出はない。

映画は暗くなってから始まるので、私は夕食を食べてから、講堂の床に敷く小さな座布団と、少しばかりのおやつを持って、辺りが薄暗くなると家を出た。

学校の講堂の中には、早く来ている人もいて、前の方が良い席なので、中程位まで埋まっていた。講堂の前方に、白い幕が下ろされていた。後方に映写機が置いてあり、その映写機から、前に張られている天幕に、映像を映すのである。だから講堂の後方に座ると、常に映写機が回る音が聞こえ、少しうるさかった。

当時活躍していた役者に、市川右太衛門や大河内傳次郎、片岡千恵蔵、大友柳太朗、東千代之介、中村錦之助、千原しのぶ、高千穂ひづる、京マチ子、木暮実千代、山田五十鈴など、書き出せば切りがないが、それらの人達が演じる時代劇などが人気があった。

赤穂浪士や大岡政談、忠臣蔵などで、善人役の人が悪役の人をめった斬りにして成敗すると、講堂の中は喜びの拍手が沸き上がった。人々が純朴な時代であったのかも知れない。

子供の頃の美空ひばりが演じていた、東京キッドや悲しき口笛、角兵衛獅子などが、思い出に残っている。まれにしか来ない映画であったが、私は逃さないように毎回行っていた。

ラジオから

私が中学生の頃は、まだテレビは普及していなかったので、ラジオが情報源であった。ラジオから、笛吹童子や紅孔雀などのドラマが放送されていて、最終回はだいたい大晦日であった。

私はお節料理を作る母の手伝いで忙しかったが、ドラマが始まると、ラジオの前で耳をそばだてて聞いていた。誰もが厳しい生活を強いられていた時代であったが、その中に喜びを求め、見つけ出して、生活を豊かにしていたのだと思っている。

当時一緒に生活していた大人の人達に今の文明社会を見せたら、何と言われるであろうか。

どんと焼き

私が子供の頃に、一月十五日の小正月が来ると、「どんと焼き」という、男の子達が参加する行事があった。

私は今、故郷を出て遠くに住んでいるが、神社に参拝した時に、「ドン、ドン焼き」という行事があると知り、びっくりした。

ドンドン焼きが、ドント焼きになったのかも知れないと思った。

今から七十年程前の故郷は、冬になると沢山の雪が降って、野山に雪が積り、一面の銀世界に変わった。交通の便も悪くなる冬は、用事がない限り、村外に出ることはなかった。村内の生活を余儀なくされている大人や子供達にとって、「どんと焼き」は心待ちにしている行事となっていた。

神社の境内の周囲に、大きな木が生えていて、その下には雪が少なかったので、「どんと焼き」の時は、木の下に簡単な小屋が建てられた。むしろなどで間仕切りした粗末な小屋で、入口にもむしろがぶら下がっていた。

私の兄達も参加していたと思うが、年齢差が大きいので、私の記憶の中には全くない。

私は姉とは違って、勉強をすることに興味はなく、もっぱら遊ぶことを趣味にしていた。

楽しみにしていた「どんと焼き」の日が来ると、夕食を済ませて、周囲が薄暗くなるのを待ち、神社へお参りに出掛けた。普段は薄暗く、寂しい神社の境内には、明かりが灯されて、お参りをする人や、帰る人達で賑わっていた。

私はお参りをすると、臨時に建っている小屋の中に入れてもらうのを、楽しみにしていた。村内の子供達は、自由にその小屋の中に入ることが許されていた。

小屋の中では、男の子達が、夕食の準備をしていた。コンロに炭が赤く燃やされその上に焼網を乗せ、餅を焼いていた。その他、トウモロコシなども焼いていたかも知れないが、思い出せない。

参加する男の子達は、小学校高学年と、中学生止まり位であったであろうか。小さい子供や女の子達は、地面の上にしゃがんで、男の子達が忙しく動きまわっている様子をじっと見て楽しんでいた。暖かく温もりのある部屋であった。

小屋の中の子供達とは、血の繋がりは全くなかったが、私はその小屋の中で、一時的な仮の兄弟の温もりを感じていたのであった。

神社は、冬の夜などは近づくこともなく、恐い所であったが、この日だけは子供達の笑い声や歩き回る足音などが、周囲に響き渡って活気が広がっていた。

村内の人達が皆眠りに就き、夜の静寂が訪れる頃になると、突然に拍子木を叩く音が聞こえてきた。

小屋に泊った男の子達が、大声を出して、

もぐらもち　どこへ行った
ここにいた
つちどんの　お出でーだ
お出でだ
出たら　かんつぶせ

男の子達が歌う声は村中に響き渡り、村の道をひと回りすると、終わるのであった。

この歌は私が記憶しているものであるが、もうこの行事はなくなったらしい。未だに当時の男の子達の声が聞こえてくる。

当時私は、もぐらのことは気付かなかった。今は少し畑を耕しているので分かるが、土の中にトンネルを掘るので野菜が枯れてしまうのである。

村のお客様

終戦の頃には、さまざまなお客様が村にやってきた。

お坊さんがやってきた

あみだ笠を被り、鈴を「チーン」と鳴らして、「ホーッ」と経を唱え、家々を回っていた。

村にやって来たお坊さんが、神社の境内に建っている集会所に寝泊まりしていて、そこで亡くなったが、病気だったのであろうか。

村の人達は、食べ物などをあげていた。共同墓地には、お坊さんの墓も建ててある。

瞽女さんがやってきた

目の不自由な女の人達で、わずかに見える人を先頭に、前の人の腰の辺りに手を掛け、数珠つなぎで、毎年村にやってきた。三味線を「ジャン、ジャン、ジャン」鳴らし、歌を歌い村の家々を回っていた。

瞽女さんが泊まる家も決まっていた。旅で出会った、いろいろな思い出などを話していたのであろうか。

ボロを着た人もやってきた

私達は「乞食」と言っていたが、それ程に差別したわけではなかった。村の人達は、来るお客さんには何がしかをあげていた。

子供は、村に来る人達に興味を持ち、村のはずれまでぞろぞろと一緒に歩いて、旅の話などを聞くのを楽しみにしていた。

村の人達は、訪れる人達を温かく受け入れていたような気がしている。心の温かい時代であった。

蝗《いなご》取り

当時の小学校の行事に、蝗取りがあった。田んぼには、秋近くなると、たわわに実っている稲穂に沢山の蝗が群がっていた。

蝗取りの日は、朝、蝗を取ってから学校に行かなければならなかったが、私は楽しみであった。

その日は、普段の日よりも、遅い登校時間になっていた。

タオルを二つに折り、両側を縫って袋にする。袋の空いている方に竹筒を紐で結び付け、蝗をつかまえると、その竹筒から袋の中に入れ、蝗が逃げないように手の平で蓋をするのである。

私達はこの袋を持って、田んぼに行った。稲穂に止まっている蝗は、私達が歩く足音に反応して跳び跳ね、稲穂を揺らし、ざわざわと音を出していた。

捕えて袋が一杯になると、学校に急いで行った。校庭には、先生達や手伝いをする人達がいて、大きな鍋に湯を沸騰させて、私達が来るのを待っていた。

残酷にも思えたが、私達の大切な蛋白質源になっていたのであった。

私の家では、蝗を乾煎りにして甘辛く煮た佃煮が、よく食卓に乗っていた。

私達が捕えた沢山の蝗は、その後どうなったのか、分からない。当時通っていた小学校は給食がなかったので、私達は食べていない。おそらく蝗を売って、学校の運営費に役立てていたのかも知れない、と私は思っていた。

子供達の遊び

おはじき

村内の小学生の、女の子達の遊びに、おはじきがあった。

神社の境内には小さなお堂が建っていて、観音様が祀られていた。私達はそのお堂を「お宮さん」と言っていた。観音様の前にはハート型のロウソク立てが置いてあり、自由にお参りが出来るようになっていた。

冬には沢山の雪が降り、道路は雪靴で踏み締めた細長い一本の道が出来ていた。その雪道は、太陽に照らされると、雪が融けて柔らかくなるために、歩くたびに靴が雪の中に潜り込んで、汗が出る程に体力を必要とする道になるのであった。そんな状態なので、村内の人達は出かけることも少なく、子供達も村内で遊ぶことが多かった。

お宮さんは、子供達にとって格好の遊び場であった。お堂の中は、四畳半程の広さがあって、寒い吹雪の日でも、お宮さんで待っていると、常時五人程の子供達が集まって来た。皆、手編みのマフラーや、手袋を身に付けて、綿の入った半纏を着て来た。

手の甲が赤く、おまんじゅうの様に膨れ上がっている子供もいた。皹割れて、痛そうにしている子供もいたが、皆、気にしなかった。冬には逃れられない症状で、諦めていたのである。

人数が集まると、敷いてあるゴザを移動して、半畳程の板敷きの床を出した。そしてその床の回りに座って、決められた数の銀杏を床の上に出し置いた。

「チーヨーチイ、シッチ」と皆で言いながらジャンケンをした。勝った人が最初に、置いてある銀杏を集めて、床の上に撒いた。一個の銀杏を弾《はじ》いて、二個に当てると、三個の銀杏がもらえた。三個以上に当たると失格で、順番が次の人に移るのであったが、順番が右回りであったか、左回りであったか、忘れてしまった。

仲間の中には、器用な人もいて、もらった沢山の銀杏を、仲間達に分けてやる人もいた。

私の腕前は普通で、上手でも下手でもなかった。楽しい遊びであった。思い返せば、あれは軽い博打であった気がする。明かり取りに、板戸を一枚開けてあるので、外が吹雪の時は、お堂の中に雪が舞い込んでくることもあったが、皆気にしなかった。お堂の中は暖房していないので、手が冷たくなると、着ている半纏の中に手を入れたり、ハアハアと息を吹きかけたりして、温めて、又遊ぶのであった。

子供達は、互いの年齢差は気にしなかった。集まった子供達は皆、仲間として受け入れられたのである。

学校が休みの日や、学校が早く終わった日には、私はよく、お宮さんに行って遊んだ。お正月になると、村の何軒かの家で、子供達を呼んでくれた。今日はこの家、次はあの家と、仲間達から連絡が来た。

約束の日は、夕食を食べると、外が薄暗くなるのを待って、私は家を出た。お正月には必ず、姉達からのお下がりの花模様の羽織を着て行った。

その家に行くと、早くから来ている仲間もいて、賑やかな声が聞こえるのであった。家の中の囲炉裏には火が燃えていて、かぎさんに吊るされたヤカンから湯気が舞い上っていた。

囲炉裏を囲んで座り、その家の人達も加わって、おしゃべりをしている人や、他の部屋で、カルタやトランプをしている人、おはじきをする人など、思い思いに自由に遊んでいた。

私の家の門限は、十二時であったので、時計が十二時を告げると、「ありがとうございました」と、家の人に頭を下げて、後ろ髪引かれる思いで、家に帰っていた。もっと遊びたかったが、母に叱られるので仕方がなかったのである。

遊びが長くなり、その家に泊めてもらい、朝帰りする仲間もいた。

日頃は皆忙しく、田畑などで働いていたが、子供達を大切にして、差別することなく受け入れ、自由に優しく遊ばせてくれた、当時の人達に私は感謝している。

おはじきを思い出すたびに、なつかしく、心の中が満たされる。当時の村の人達にお礼を言いたいのだが、皆とうにこの世を去っている。

縄飛び

私の村の近くに川が流れていて、村外れに橋がかかっていた。人家から少し離れている所で、私達小学生位の女の子達で、よく縄飛びをして遊んだ。

寒い冬が終わり、雪が融け、遅い春が来ると、皆その場所に集まってきた。

勉強もせず、常に退屈していた私は、学校の休みの日や、早く学校が終わった日は、よくその場所に行っていた。村内には沢山の子供がいて、待っていると、十人位は集まって来た。

遊べる人数になると、皆でジャンケンをした。負けた人二人が縄を持たなければならなかった。残った人達で、最初に回している縄の中に入る人を決めた。今考えると、縄は常に用意されていたが、誰が持って来てくれたのか、私は全く思い出せない。

最初の人が回っている縄の中に入り、縄を踏まない様に飛び跳ねて輪の外に出ると、次の人も、間を開けないように輪の中に入らなければならなかった。間を開けると失格で、縄回しを交替するのであった。

一羽のからすが　カアカア
二羽のにわとり　コケコッコー
三は魚が　泳いでる
四は白髪の　おじいさん
五はごほうび　ありがとう.

回している縄の中に入った人は、からすの真似をしてカアカアと言って、縄の外に出ると、次の人はにわとりの鳴くコケコッコーと動作をして、縄の中から出て行く――歌いながら、出たり入ったりして遊んでいた。

人数が多くなると、少し遠い所にある木などに先頭の人が手を付き、次の人も同じく手を付いて回している輪の中に、間を置かないように入らなければならなかった。

参加した子供達が全員で大声で歌うので、その声は両側の山脈に木霊して村内に響き渡っていた。賑やかな歌声に釣られて、さらに人数が増えていくのであった。

当時の道は舗装していなく、砂利が敷いてあったので、車が通ると砂埃が舞い、縄飛びは少し中断しなければならなかった。

車を持っている人は主に事業などをしている人で、一般の人達にはまだ普及していなかった。主にトラックが多く、通る車は少なかった。

遊具などない時代であったが、当時の子供達は村の至る所で遊び場を作って遊んでいた。

神社の壁上り

村内の神社は、子供達の格好の遊び場になっていた。

大人達は朝早くから田畑などで働いていたので、子供達が危険な遊びをしても、監視する人はいなかった。そのために子供達は自由に村の中で遊ぶことが出来たのである。

神社の中は、十畳程の広さがあったであろうか。外側は板が張ってあったが、部屋の周囲は板が張っていなく、柱や、さんがむき出しになっていた。

神社の中の天井には、四角い穴が空いていて、天井裏に入れるようになっていた。

私達は、むき出しの横木（さん）に手と足を引っ掛けて、天井裏まで登った。幼い子供や、自信のない子供達は、アングリと口を開けて、私達が登る様子を見上げていた。

私は少しおてんばな女の子であったと思っている。何人かの男の子に交って、三人程の女の子が登った。振り返ってみると、現代のロッククライミングに似ている。

登る時は大丈夫だったが、天井裏から下りる時が大変だった。失敗すれば真っ逆さまに転落するのである。

手と足を、さんに引っ掛けて下りるのだが、そのタイミングが分からなくなって私は、恐怖にかられた。登ったからには、下りなければならない。下で見上げている子供達に弱みを見せられない意地があった。

冷や汗をかきながら、必死になって下りたことを、今でも思い出す。二度とやりたくない遊びであった。

代々受け継がれて来た、村内の子供達の遊びであったのだろうか。幸いにも、転落した子供達はいなかったようである。あるいは神社の神様が、子供達を守ってくれていたのかも知れない。

危険な遊びであった。

雪上のままごと

冬には沢山の雪が野山に積り、茅葺きの屋根に積った雪は、時折「ドドドー」と大きな音を出して、屋根を滑り落ちていた。家を揺らすので、雪が落ちるたびに、びっくりするのであった。私達はこのことを「ナゼがつく」と言っていた。

家の周辺は屋根から落ちた雪が積って、家の一階の部屋には太陽の光は入らないために、常に湿気があって、朝起きると底冷えがする程に寒かった。

玄関前には雪が積っているので、外に出る時は、雪の階段を作らなければならなかった。この仕事は、私と姉が受け持っていた。

当時の子供達の遊びに、「ままごと」があった。庭に積った雪を踏み締めて、家の平面図を、雪の上に作るのである。

子供は多かったので、遊びには不自由しなかった。集まった子供で、年上の人などは、お母さんやお父さん役になり、年齢が下の子供達は、子供役になった。実際に生活しているまねごとをして遊んでいた。お父さん、お母さんに叱られている子供もいた。雪でご飯やおかずを作り、それらを食べる演技もして遊んでいた。

今はもう、遠い昔の思い出であるが、記憶を辿ると、当時の映像が脳裏に蘇って来て、心が震える程になつかしい。

当時遊んだ人達とは、今は生活の場所が違うので、会う機会はあまりない。皆元気で生活しているだろうか。かけがえのない、心の友である。

毬つき

私が小学生の頃は、学校が休みの日に雨が降ると、つまらなかった。姉とは年齢差もあったので、一人で遊ばなければならなかったからである。五人兄姉の末っ子に生まれ母も子育てに疲れたせいか、私は母に勉強を強要されることもなく、自由に遊んでいた。

私の家の玄関は、コンクリート敷であったので、よく毬つきをして遊んでいた。特に楽しくはなかったが、何もすることがないので、私は仕方なく、毬をつきながら大きな声で歌っていた。

日ロ戦争の時の歌で、毬をつく時に歌うのであった。

イチレツランパン　破裂して
日ロ戦争　始まった
さっさと逃げるは　ロシアの兵

その他にも歌はあったが、私は何の歌か分からないで歌っていた。

宮さん　宮さん　お馬の前に
ひらひらするのは　なんじゃいな
トコトンヤレ　トンヤレナー
あれは朝敵　征伐せよとの
錦の御旗じゃ　知らないか
トコトンヤレ　トンヤレナー

姉達から受け継がれてきた歌であったと思っている。
当時から長い年月が過ぎ、私は六十歳になっていた。私は少しばかり歴史に興味がある
ので、住んでいる市の図書館から本を借りて読んでいたが、偶然にもこの歌に出合い、び

っくりした。

〈文　献〉

この歌は、討幕のために、江戸へ向かう薩長の武士達が歌った、軍歌である。

有栖川宮熾仁親王が、征討大総督に任ぜられ、明治元年二月十五日に、参謀として、西郷隆盛や、広沢真臣らと同軍し、武士達が行進する時に歌っていたのだという。

江戸が戦場になるかも知れなかったが、際どい所で、勝海舟や、西郷隆盛、山岡鉄舟、坂本龍馬達、そしてその他の大勢の主義を持った人達の努力によって、江戸城は無血で明け渡され、徳川慶喜将軍の命が助けられたという。

私達の先祖には、吹き荒れた動乱の中でも使命を持ち、自身を犠牲にしても大義を貫く精神を持った気骨ある人達がいたことを、誉りに思っている。と同時に、その精神は現代の私達の身体の中にも流れていることを、忘れてはならないと思うのである。

第三章　氷解

父の退職

単身赴任になってから、すでに十年程の歳月が流れていた父は、退職して我が家に帰って来た。だが父は我が家から少し遠い所で、若い女性と生活すると言った。

その女性は、父よりも十五歳位年下の人であった。

私は小学校五年生になっていた。これまで平穏に暮らしていた我が家には、この時から不穏な空気が流れ始めたのである。

父の話によると、父はこれまで勤めていた職場で、故郷からさらに遠い所に転勤の辞令をもらったという。

長い年月、故郷を出て生活していた父は、すでに五十歳を過ぎていて、家に帰りたくなったのであろう。

父が辞表を提出すると、その女性は自分も辞めると言って、いくら父が説得しても聞かなかったと、父は何回も私達に言った。

その女性は若い頃に結婚したが、早くにご主人を亡くし、一人で生活していたらしい。

父は、これまでにその女性とは何の関係もなかったと言っていた。私も父の言うことを信じたい。情にほだされたのであろうか。

私達はこの突然の予期すらもしていなかった事態に直面して、戸惑い、夢であってくれたらと願ったが、現実は厳しく、変わることはなかった。

この時から父は、土曜日の夕方に我が家に来て、日曜日の朝に帰る生活が始まったのである。

私は父の赴任先で生まれたが、物心ついた時は、父の実家で兄姉達と生活していて、母は父不在の家を守りながら、私達を育ててくれていた。だから私は普通の家のように、両親と生活した記憶は少ない。

父は年に数回、家に帰って来た。私が幼少の頃は、帰って来た父と一緒の布団に寝かされたことを思い出す。又小学生頃になると、父とお風呂に入って髪を切ってもらうことが習慣になっていた。父と接触の少ない私への、両親のせめてもの配慮だったのかも知れない。

私は父の別居という、突然に起きた我が家の悲劇を、周囲の人達に知られたくなかった。私は自分の心の中にある悲しさや恥ずかしさなどの表情を、顔に出さないように生活することにした。

お前は　いつも笑っている
辛い時も　悲しい時も
阿呆のように　大口を開けて
笑っている
だから　お前の心の中に
絶えず　寄せくる
うら寂しい　海鳴りの音があることを
誰も　知りはしないのだ。

人は何故　はしゃげるのだろうか
私には　分からない
はしゃげる人が　羨ましいなあ
私は全くの　孤独の世界に
入っている

独り歩きは　好きだなあ
ららん　らららんと
大手振って　歌えるもの
草木が聞いて　くれるもの
小鳥が慰めて　くれるもの
だから　だから
一人歩きは　好きなんだ

なよなよと
吹けば飛ぶよな　乙女など
とかく　この世では
育たない

出生疑惑

叔父は父の弟で、結婚してからは、お盆とお正月には必ず、幼い子供達を連れて我が家に里帰りして来た。私と姉はその子供達と遊んだり、叔父の接待で忙しく働いている母の手伝いをよくしていた。

私が小学四年生の頃であった。里帰りしていた叔父に食事を運び、部屋を出ようとした時、私の背に向かって「誰の子か分からない」と言っている叔父の声を聞いた。

私はその言葉の意味が全く分からなく、「何なんだろう」と首を傾げていた。叔父に言われたことは誰にも言わなかったが、私の脳裏にはしっかりと刻まれていた。

母は私が二十八歳になった時、七十歳でこの世を去っている。

その頃に、私は叔母の家に泊めてもらったことがある。叔母は父の妹であるが、「お父さんが今の女性と生活するようになったのは、おじさんが関係しているのではないか」と、私に聞いた。私が返事に困って黙っていると、叔母は「そうか、何も聞いていないのか」と言った。

母が亡くなって少し過ぎた頃に、父が、他の兄姉達とは私に対して接し方が違うように感じた時があった。

思い起こすと、私は兄姉達からも少し冷たい空気を感じていたが、それは私が勝気な性格なので、そのせいであろうと思って、何の疑いも持っていなかった。

だが、これまでの出来事を繋ぎ合わせてみると、何かおかしい。「もしかしたら私は、父さんの子供ではないのかも知れない」と、不安を感じ始めていた。

長姉に電話をして姉の血液型を聞くと、私と同じだとのこと。少し私は安堵したが、私が幼少の頃に家族で血液型を調べてもらったことがある、と姉は言った。戦時中であり、家族で血液型を調べるなんて、よほどのことがない限り考えられない。やはり、私の出生が疑われていたのだと、私は確信した。寂しく悲しい気持が私の身体を支配した。

今やっと気が付いた
一人ぼっちであることを
親や兄姉がいても
頼るものは　自分だけなのだと

父さんの　温かいぬくもり
ほしかった
ずうーっと　ずうーっと
探してた
長い旅して　探してた

振り返れば

母が亡くなった時のことが思い出された。

母の寝室で、亡くなった母を近所の人達と一緒に、おじさんが納棺していた。父は隣の座敷に設置してある、小さな囲炉裏の前に肩を落として、静かに座っていた。

何故父は、母の納棺の手伝いをしないのだろうか、何故おじさんが納棺しているのか、私は不思議に思い、少し不満でもあった。

今考えてみると、母を不幸にした父は、おじさんに詫びなければならない事情があったのではないだろうか。

未熟児の真意

私は父の転勤先で生まれた。当時、母は子供達を連れて、父と一緒に生活していた。父はよく私に、言うのであった。「お前は七ケ月の未熟児に生まれ、とても小さくて、『ほどこ』に入れて育てたのだよ」と。「ほどこ」というのは懐という意味で、綿入れの着物の懐の中に入れていたということである。産婆さんが間に合わず、父が取り上げたらしい。

当時は戦時中であり、保育器などもない時代である。果たして七ケ月の未熟児が育つであろうか。まして、雪国の寒い所である。

私が思うには、私は母のお腹の中で十ケ月育てられたが、母の身体が弱かったせいで、七ケ月の未熟児と相違える程に、小さく生まれたのではないかと。

この「七ケ月の未熟児」が、私と母の人生を不穏にしてしまったのではないかと、私は思っている。

私の両親の母親達は、おじさんの家から、結婚して出た人達である。

母の母親、つまり私の母方の祖母は、実家から遠い所に嫁いで母が生まれた。ちなみに、母の父親は、母が子供の頃に亡くなっていた。祖母は、母の結婚と同時期に、それまで住んでいた家を整理して、自分の故郷でもある母の嫁ぎ先の村に引っ越して来たという。

父の母親は、実家から近くの村に嫁ぎ、父が生まれた。

母は一人っ子で、何不自由なく、育ててもらったと言っていた。従兄妹同士でも、育てられた環境は違う。母親が亡くなってからは、寂しい時など行く所もなくなり、幼少の頃に母親と一緒に里帰りしていた実家のおじさんの家に行くこともあった筈である。父の家族は、母がおじさんの家に行くことを、よく思っていなかったのだろうか。

結局私は、おじさんと母の間に生まれた子供ではないかと、疑われてしまったのである。

出生の証明

私が六十歳を過ぎた、ある朝のことであった。以前に出版した両親の句集を、私はいつものように、何気なく、パラパラと捲っていた。と、私の目は、開いたそのページに釘付けになった。

花石蕗に　あらぬうわさを　笑い拾つ

この母の俳句は、私の出生に関係しているのではないのか。私の出生で、当時母は、家族に疑われていたのである。母が否定しても、私がおじさんの子供ではないかと疑っている人達には分かってもらえなかったのであろう。仕方なく母は、庭に生えている花石蕗に、自身の心の中を吐き出していたのではないだろうか。

当時の母の心情を思うと、私はとても辛い。

私の出生をこんな形で残してくれた母に、私は感謝した。私の兄姉達も、叔父や叔母も、この句は見つけていないようであった。

実家に用事があって帰った時、兄姉達にこの俳句のことを知らせると、皆びっくりしていた。長兄も姉も、私が生まれた時は十歳以上になっていたので、噂は聞いていたと言っていた。

疑っていた叔父も叔母も、もうこの世を去っていた。この句を早くに見つけていたらと、やり場のないむなしさと悔しさが、私の身体の中を通り過ぎて行った。

父の後悔

「私を許してくれ」と父は畳に手を付いて頭を下げた。しばらくして「もう過ぎたことですから」と、おじさんが言った。

二人の年齢差はあまりなく、共に八十路に入った老人である。

父とおじさんは、しばらくぶりの対面であった。父は気位の高い人で、めったに他人に頭を下げる人ではないと私は思っている。

父は、母が若い頃に詠んだあの俳句に出合っていたのである。

花石蕗に　あらぬうわさを　笑い拾つ

この俳句を見た父の驚きは、いかばかりであったろうか。長い歳月、私の出生を疑っていたであろう父は、おそらく自責の念にかられていたのではないかと、思い量っている。私は丁度その頃に父に対して不満があり、手紙を書き送ったことがあった。父からの返信に、手書きの色紙が送られてきた。

よき父として　着ぶくれて　一日あり

私の両親の母親達は、里帰りのたびに、幼い父や母を連れて実家のおじさんの家に行っていた、筈である。だから、父と母とおじさんは、共に遊んでいたに違いない。

若者になった三人の従兄妹の間に、何があったのであろうか。三人は共に、過去にあった出来事を胸の内に収めて、誰にも話さないまま、すでにこの世を去っている。

青春真っ盛りの、若者の一瞬の行動の誤りが、自他共に人生を狂わせてしまったのであろう。私は人間の愚かさを思わずにはいられない。それと同時に、疑われながら生きなければならなかった私も、辛い。人生はやり直すことが出来ないからである。

皮肉なことに、私は兄妹の中で一番父に似ているような気がしている。

先日私は捜し物をしていた時、偶然にも父が以前に送ってくれた手紙を見つけた。その当時はそれ程に関心もなく、保存してはおいたが、全く忘れていた。今から四十年程前の手紙である。当時父は八十代で、私は四十代の頃である。

父は当時、自分と母が若い頃に詠み残しておいた句帖を整理していたが、その時に、私が生まれた時に詠んだ俳句を見つけ、忘れていたと言っていた。

父が送ってくれた便箋は、茶に変色してしまった。その便箋には「娘の誕生前後に詠める句」と書いてある。

炒り蝗《いなご》　たしなみ妻の　みごもれる

添書
（単に蝗を炒って佃煮にしたものだが、私は嫌いだった）

産湯水　汲むや霜降る　夜半にして

添書
（貸家が新築されたので、そこに転居すると間もなく産気づいた。何にせよ予定より一ケ月早く、しかも夜遅かったので、産婆さんに走ると同時に、産湯の用意にかかったが、水道が止まっていたので、近所から水をもらって何とか間にあったという状況だった）

黄疸の　嬰児抱いて　冬に入る

添書
（産湯が沸くと同時にもう生まれた。どうしたことか、皮膚が黄ばんでいて、黄疸という診断だった。小さかったのは言うまでもない）

炭ついで　母子しずかに　守りにけり

添書

（大きい子供も、小さい子供も、自分が一切看護した）

夜寒さや　一つ机を　子らと囲み

添書

（子供達と机の周りに顔を並べている。妻はまだ産褥中にあった。故郷から子守りをしてくれる娘さんが来てくれていた）

日のあたる　産室あたたかに　冬初め

添書

（南面の室だったので、昼は縁側から室の中程あたりまで、日がさし込んで暖かだった）

父が四十歳の頃に私は生まれたが、その時に父が書き残しておいたものを読むと、予定より一ケ月程早く生まれたと書いてある。それがどうして七ケ月の未熟児に変わったのであろうか。私は身体が黄色く生まれ、殊の外小さかったと書いてある。父は以前に『ほどこ』に入れて育てたと言っていたが、考えてみると、叔父や叔母達には、あまりに小さくて七ケ月の未熟児にしか見えなかったのかも知れない。

この二ケ月の差が、問題になったのであろう。人の世には、時として不可解なことが起きるものだと、思い知らされている。

母の人生

母の人生を思うと、私は悲しい気持になる。

母の苦しみの人生は、私が生まれた時から始まったのである。私が生まれていなかったら、母は幸せな生活が送れた筈である。

私も辛い。おそらく私は、伯父達や兄姉そして父に、本当の意味の誕生日を祝ってもらえなかったのではないかと思うからだ。

時として母は、私の存在を疎ましく思う時もあったに違いない。

だが母は私を、他の兄姉達と同じように分け隔てなく育ててくれた。周りの人達にも決して自身の感情を見せる人ではなく、自分に厳しい人であった。母がよく歌っていた歌を、思い出している。

金剛石もみがかずば　玉の光は添わざらん
人も学びて後にこそ
まことの徳は　現るれ
時計のはりの　絶間なく
めぐるがごとく　時のまも
光陰惜みて　励みなば
いかなる業か　ならざらん

私はこの歌の作者は知らなかった。これは昭憲皇太后の御歌であると本に書かれていたのを後で見て、びっくりした。
おそらく母は、この御歌を心に深く刻み込み、弱くなりそうな自分を諫めていたと思うのである。それと同時に、歌うことによって、私にもこの生き方の姿勢を教えたかったのであろうか。今でもこの御歌は私の頭の中に存在している。もしかしたら母は、私が運命に負けないように、強く私を育てたかったのかも知れない、とも思えるのである。その他にも私の耳から離れない歌がある。

為せば成る　為さねば成らぬ　何事も　成らぬは人の　為さぬなりけり

私はこの舌をかみそうになる歌を一生懸命に暗記していた。

母は他人の悪口を言う人ではなかった。自分に厳しかったが、周囲の人達には優しい人であった。母は潔白であったからこそ、自身の人生を堂々と、生きられたのだと、私は思っている。

ともすれば暗い雰囲気になりそうな、私達のことを気遣って、チャメなどをして、笑わせてくれた。

飯粒を　額に押しつけ　チャメなどする母も　哀れなり

母はよく、眠る前に謡曲や詩吟を口ずさんでいた。気丈に生きて来た人であったが、晩年は、ありし日の幼い頃に帰って、幸せだった思い出の中に身を浸して生きていたようであった。

もし母がこの世に生きているとしたら、精一杯の愛情で育ててくれた母に「ありがとう」と、心から伝えたい。

両親達、そして自身の人生は、振り返ることは出来ても、やり直すことは出来ないのである。ならば、その時々を大切にして生きて行こうと、私は思った。

兄との別れ

私は結婚して、故郷から遠い所に住んでいる。主人と娘達を会社に送り出してホッと一息ついていた時であった。

故郷に住んでいる長兄から電話が来た。「入院している次兄が、危篤状態になっている」という知らせであった。

どうしているか気にはしていたが、私は突然の知らせにびっくりした。これまでに身体の具合が悪いという情報は、全くなかったからである。

早く帰らなければと気持は焦るが、出掛けるには準備などもあり、あれこれと動き回っていたら、お昼になってしまった。もしかしたら、会えないかも知れない。不安が脳裏を過った。電車に乗り、入院先の町の駅に着いた時は、夕方の五時になっていた。急ぎタクシーに乗って、病院にかけつけた。

受付に聞くと「まだ大丈夫です」と言われてホッとした。

（あゝよかった）

病室に入ると、兄は壁に背をもたせて、ベッドの上に腰を下ろしていた。危篤状態には見えなかった。病院からの知らせで、朝から付き添っている兄姉達は、私を見て少し複雑な顔をしている。

兄は、私が病院に着く少し前に、牛乳が飲みたいと、寝ていたベッドから起き上がり、牛乳を飲んでから、そのままの状態だと、兄姉達は言った。

兄は難聴であり、今は話すことも出来ない状態になっていた。

私は紙に、「兄姉達に会えて良かったね」と書くと、コクリと頭を下げた。兄姉達には、あまり会っていなかったと思うからである。兄は呼吸をするたびに「ぜぜぜ」という音を発していた。苦しいかと思ったが、表情は穏やかである。少し落ち着いたようなので、私と長姉が残って、他の兄姉は家に帰り、兄の状態がおかしくなったら知らせることにした。

しばらくベッドに起きていた兄は、紙に「口をすすぎたい」とたどたどしい字で書いて私によこした。

私と姉は、兄をベッドから支え下ろし、両側からかかえるようにして洗面所に連れて行った。

これが兄との、最後の身体の触れ合いになった。口をすすいで、すっきりしたのか、病室に入ると、ベッドの上に身を横たえた。私も兄の横に置いてあるベッドの上に寝ころんだ。兄は無表情で私の顔をじーっと見ていた。久しぶりの私との対面を、楽しんでいるかのような顔をしていた。

兄が呼吸するたびに発する「ぜぜぜ」という音が強くなってきたので、苦しいのかと思って、看護師さんを呼ぼうとドアを開け、振り返って兄の方を見ると、ベッドから身を乗り出して、いい、いいと手振りしていた。

私はびっくりした。兄の精神は、正常に戻っていたのだと、気付いたからであった。

私は兄が寝ているベッドに腰掛けて、手をさすってやった。兄は目を開くと、私の顔をジーッと見て、又目を閉じた。その繰り返しをしていたが、脈はだんだんに遅くなっていき、やがて消えてしまった。兄は最後の時間を、三時間位であったが、私と共有してくれた。安らかな、穏やかな寝顔であった。

私は兄が入院した時から、結婚するまでの七年間程、兄の世話をしていたが、その後は実家を継いだ長兄に交替した。

遠くに住んでいた私は、用事などで故郷へ帰るたびに頭痛になることが多く、あまり面会出来なかった。兄はそんな私を責めるでもなく、私と、最後の大切な時間を共有させてくれた。私は兄の大切な心の贈り物を大事にして、その後の人生を心豊かに生きることが出来たのである。

「兄ちゃん、ありがとう」

兄は六十歳で、この世を去ったのである。

心の灯

心の灯　消さないで
どんなに　苦しい時があっても
どんなに　悲しいことがあっても
あなたの灯　消さないで
優しく包んで　歩いて行くの

決して　決して消さないで
あなたの大切なものだから

兄の病気

私と次兄は、七歳の年齢差がある。兄は国立大学の二年生の時に肺結核になった。終戦後の昭和二十年代の頃は、珍しい病気ではなかった。兄は国立療養所へ入院して治療してもらい、病気が回復したので、社会復帰が出来る人達が入っている病室に移されていた。

私達家族は、兄が退院するのを心待ちにしていたが、ある日、何の前触れもなく、兄は病院の職員に連れられて、我が家に帰って来た。部屋の中に敷いた布団の上で、兄は突然に「あの人に殺される！」と両手で頭を抱え込んで叫んだ。

両親は、叫んで悶え苦しんでいる兄の側で為す術もなく、ただおろおろとしていた。

私と姉は、狂ったように叫んでいる兄を見て、その場にただ茫然と立ちすくんでいた。

「あの人」とは、同病室に入院していた、兄よりも年上の男の人のことであった。兄はすでに精神が侵されていたのである。

終戦後の昭和二十年の頃は、食糧などが乏しく、誰もが生きるのに大変な時代であった。栄養不足も手伝って、結核になる人も多かった。兄は手術することなく、薬の服用だけで治ったと両親は言っていた。当時の結核治療薬にストレプトマイシンがあり、兄はその副作用で難聴になったと聞いている。個人差もあったらしい。難聴になったとしても、精神も侵されるということは考えにくい。何かがあったに違いないと、私はそう思った。兄には、耳鳴りがあったのであろうか。休学中だったので、遅れを取り戻すために布団の中で勉強もしていたようである。

次第に耳が遠くなって行ったであろう兄は、同じ病室の人達から話しかけられても名前を呼ばれても、正常に反応出来ず、笑われたりからかわれたりして、苛められていたのであろうか。

医師や看護師さん達は、病室内の異常に気付かなかったのであろうか。兄は二十歳間もない、純真な若者であった。兄は以前私に言っていた。「俺が大学を卒業したら、お前を大学に入れてやるからね」と。優しい兄であった。勉学に励み、未来に希望を抱いていた兄の人生は、なくなってしまったのであった。両親は訴訟も考えたが、終戦後の社会が不安定な時代であり、諦めたと言っていた。

兄は私が二十歳過ぎた頃に私が下宿していた町の病院に入院することになった。長兄や姉達とは年齢差もあり、それぞれに忙しくしていたので、私が入院した兄の世話をすることにした。世話と言っても、面会や下着などの交換であったので、私は会社が休みの日や昼休みを利用していた。

兄ちゃん

春が来ても　夏が来ても
兄ちゃんの瞳は　そのままに
灰色の雲を　浮かべている
雲よ　立ち去れ
どんなに心の中で　叫んでも
兄ちゃんの瞳は　変わらず
私の心を　締めつける

兄ちゃんが笑う時

私も頬を　緩める
何で笑ったか　分からないままに

兄ちゃんが　何か呟く時は
私は静かに　耳を傾ける
たとえ意味が分からなくても
純真だった　兄ちゃんが
なぜ　どうして
答えは　虚しく　消えて行く

私は高等学校を卒業してから、誰に頼ることもなく一人で生活していた。母は病気がちであり、兄姉達にも生活があったからである。

何も分からないままに、社会に一人ほうり出された私が、入院している兄の世話をしたのであった。習い事や遊びに夢中になって生活していた私の世話などに、兄が満足した筈はない。

社会経験を重ねた今の私なら、少しは兄の満足する世話が出来ただろうと思うと、かわいそうでならない。

当時を思い出すたびに、私は詫びている。

「兄ちゃん、ごめんね」と。

母の病気

私が小学四年生の頃であった。日頃からあまり身体が丈夫でなかった母は、風邪をこじらせて、危険な状態になった。

当時父は単身赴任をしており、母は私と姉を育てながら、父不在の家を守って生活していた。

何かあればお世話になる、近所の人が我が家に来て、母の寝室のコンロで湯を沸かしたり、忙しく母の世話をしてくれていた。「薬があればねえー」と話している声を私は耳にした。薬があれば、母は助かるらしい。

外は大粒のボサ雪が降っていて、薄暗くなった寒い夕方であった。行くと言ってくれる人はいなかった。

母は薬を飲めば助かるのなら、私が行くしかないと、咄嗟に決意した。

私は「みのぼし」を頭からスッポリと被った。みのぼしは乾燥した植物の葦で出来ていて、雪が降る時に身に付ける防寒着で、頭上部から腰の辺りまで編んである。身体の前方が開いていて、裾は編んでないので、歩くたびにパラパラ揺れた。頭からすっぽり被って歩くと、「ずんずん」と音がした。

当時はゴム長靴はなく、わらを編んだわら靴が主に履かれていた。このわら靴は長い距離を歩くと、靴に付いた雪が体温で融けて水になり、靴底のわらが湿るため、足も濡れて冷たく、凍えるのであった。

私は、ロウソクを灯した提灯を持ち、家の人達に見送られて出発した。

村内を出ると家はなく、田畑に雪が積っていて、行く道の周辺は一面の雪原になっていた。夕暮れの暗さと、ボサボサ降る雪のため、提灯の明かりだけが頼りであった。みのぼしは歩くたびに、「ずんずん」と音を出し、わら靴は「サクサク」と音がした。降る雪は、みのぼしに当たって、ボサボサと音を出している。誰一人歩いてはいなかったが、「ずんずん」「ボサボサ」「サクサク」の音で、誰かに追われているような錯覚を起こし、時々後ろを振り返りながら、歩を進めていた。行く道の所々に集落があり、集落の中に入ると、恐怖心が少し楽になった。何かあれば大声で助けを呼べるからである。

集落を出れば、又一人ぼっちで歩く道になり、提灯の明かりが気になった。私が一人で歩いていることを知り、誰かが追って来ないかと不安になってきて、提灯の明かりが外に漏れないように、みのぼしの中に入れて、足元だけを照らすようにした。

行く道の前方に、片側が山になっている所が見えてきた。生えている木々は枝葉の上に、沢山雪を乗せ、重く垂れ下がっていた。時折、その木の枝に積った雪が落ちる「ボサッ」という大きな音に、私の心臓が反応して、身が震える程に恐かった。身を縮ませながらも診療所に辿り着くことが出来、私はホッとした。

診療所の中は暖かく、女の人が「よく来たねえ」と言ってくれた。私の家にいた人達が、私が来ることを電話で知らせてくれたのかも知れない、と思った。

私は薬をもらうと、早めにそこを出発した。母が待っているからである。

帰りは、来る時と違って、それ程の恐怖はなかった。家の中に入ると、「まあ大変だったねえ」とか、「よかった、よかった」と皆喜んでくれ、私は嬉しくなった。母はもう心配しなくてよいのだ。翌日の朝になると、母は元気になっていた。

当時経験した恐怖は、幾年月が過ぎても忘れることはない。

思い出すことがある。私は当時、姉と母と三人で生活していたが、姉は私が家を出る時に、どこにいたのだろうかと。その時は、姉のことは全く頭の中になく家を出たが、何故私は、姉と一緒に行かなかったのだろうか。姉と一緒に行けたら、あんなに恐い思いをしなくてよかったのにと、悔まれる。

　どういう訳か私は、恐かったこのお使いのことを、未だに姉に話していないのである。

第四章　人生とは

五十五歳の免許証

私は、五十五歳の時に、普通自動車の免許証を取得した。正確に言えば、五十五歳の誕生日を迎える、二ケ月前であった。

私は若い時に突発性難聴になって右耳の聴力を失い、左耳は甲高の人の話す言葉が解らなくなった。そのために私は、免許取得は出来ないと思って、長い間諦めていた。

終戦間もない頃は、車を持っている人は少なかったが、次第に社会も活気が出て来て、車を持つ人が多くなり、免許取得に挑戦する若者達が増えて来た。

長い歳月が流れ、日々の生活の中にどっぷりと浸って生活していた私は、ある日の朝、子供達と主人を会社に送り出して、いつものようにテレビを見ていた。

そのテレビに難聴の人が運転している画像が、映し出されていた。

（エッ、難聴でも車の運転が出来るんだ）

私はびっくりした。

正常な聴力を持っている人達の中で生活していると行動も制限され、肩身が狭い思いをしている私の身体に、希望の衝撃が走り、目の前がパーッと明るくなった。

丁度その頃に、車の運転を必要とする事情が出来ていたのである。

娘の病気

一年前の秋彼岸の頃であった。夜中に電話のベルが、けたたましく鳴った。結婚して半年程過ぎている娘が、「意識不明になって、救急車で病院に運ばれた」という、娘の連れ合いからの電話であった。

突然の事態に、びっくりして頭の中がぼーっとなった。急ぎ主人が運転する車に乗り、病院に駆けつけた。救急治療室に入ると、娘は顔に酸素マスクを付け、胸や手足には点滴などの管を乗せて、仰向けにベッドに寝かされていた。

前日までは元気であった娘の、変わり果てた姿を目前にした私は、驚愕のあまり言葉を失い、意識が戻っていた娘の顔を、ただ茫然と見ていた。そんな私の顔を見た娘はわずかに動く右の手で、「お母さん、大丈夫だから心配しなくていいよ」と、紙に書いてくれた。

その文字を見た途端に、私の口の中から「うっ、うっ」と、こらえていた嗚咽の声が漏れてしまった。涙は全く出なかった。

私の身体を心配しての、娘の思いやりであったのであろう。だが今の娘の状態は、私の病気と比べるべくもない。

私の病気

私が三十歳の頃であった。ある朝、突然に激しい頭痛に襲われた。頭が割れるかと思える程の痛みに、朝からずっと寝床にもぐり込み、「うんうん」と、声を出して唸っていた。声を出すと、痛みが少し軽くなるような気がしたからであった。

私には三人の娘がいるが、末の娘が一歳の誕生日を迎えた頃であった。娘の授乳や、おむつ替えで、寝床から起き上がると、こんどは吐気に襲われ、トイレにかけ込んで、胃液だけを数回にわたって戻していた。その戻しは、冬でも汗が背中に出る程に苦しかった。戻すと少しの間、痛みが和らぐので、子供達の世話や家事をして、又寝床にもぐって、「うんうん」と唸っていた。

当時私は、主婦湿疹で、病院に通って治療してもらっていたが、ある日注射液を間違えられて、ピリン系の注射をされ意識を失った。私はその時に経験した苦しさが忘れられず、注射や薬に対して異常な程に恐怖を感じ、病院に行けなくなってしまったので、我慢するしかなかったのである。

幸いにも、会社から帰った主人に身体をもみほぐしてもらうと、少し楽になって、夜中には果物などを食べられるようになった。不思議なことに、翌朝は、前日の頭痛が全くなくなるのであった。

最初の頃は、月に数回その症状が出ていたが、年月が過ぎるに従い、頭痛が起きる回数は少なくなってきていた。

発症時からすでに二十五年程過ぎていたが、まだ完治していなかった。病気の期間が長いので、私は持病と考えることにしていた。だが、娘達には私の病気が負担になっていたのであろう。


娘の症状は、頸椎に異常があり、そこからの出血のために意識がなくなったのであった。再び出血したら、寝たきりの生活を送らなければならないかも知れない、と医師に言われ、手術をしてもらうことにした。

この手術は難しく、結果として全身にしびれが出て手足の感覚を失ってしまったが、幸いにも、右手が使えるようになった。歩けなくなるかも知れない、とも医師に言われたが、持ち前の負けん気が手伝って、リハビリを頑張ったおかげか、歩けるようになった。

娘は、二十七歳になっていた。

足に感覚がないので、足を固定出来る靴を履き、歩く先に石などの危険物がないか確かめながら、転ばないように気をつけて歩くのだと、言っていた。

この様な身体になってしまった娘には、結婚生活を維持することは難しいと考えて、我が家に帰ってくることになっていた。


主人は車の免許を持っているが、家に常時いる私が車を運転出来たら都合がいい。そんな事情が、出来ていたのであった。

もしも私に免許取得のチャンスがあるなら、何としても挑戦したい。五十代では遅い方だ。受講するなら早い方がいい。

寒かった冬も過ぎ、満開の桜の季節になっていた。私の頭の中では、期待と不安が交錯していた。主人は、私の年齢が五十代であること、そして難聴であることから、快く賛成してはくれなかった。だが私は考えた末に、新たな人生の挑戦を決意して、自動車教習所の門を潜った。


教習所の受付の女性は甲高だったため、何を言っているか全く分からなかった。

受付の女性は首を傾げながら、所長さんを呼んできた。所長さんの声は低音で、言っていることがよく分かった。「やってみますか」と所長さんが言った。受付の女性が「だめだめ」と言うように小さく首を振って、所長さんに目くばせしていたことが印象に残っている。

不安で緊張していた私は、所長さんの言葉を聞いてほっとした。

（やったー！　私も車の運転が出来るんだー）

所長さんが「一週間後に来なさい」と言った。私の心の中は喜びで踊った。

教習の始まり

私は新たな人生を踏み出せる希望に胸を膨らませて、教習所の門を潜った。

受付で入校の手続きが終わると、一緒に受講する若い男女数人と、四十代の女性、そして私は、教室に案内された。

入校説明や、教習内容などの説明があった。教習は四段階あって、各段階ごとに学科と技能がある。学科教習は、教科書やビデオなどによる勉強であり、それが終わると、効果測定という試験があり、その試験結果が九十点以上で合格になるという。

技能教習は、所定の時間、運転の練習をすると、合格認定試験があり、学科と運転の両方が合格すると、第一段階が修了するとのことであった。

免許取得時から長い歳月が流れ、私の記憶はかなり薄らいでいるが、当時記録しておいたメモ帳と、日記帳が手元に残してあるので、それらを参考にして当時の記憶を辿ることにする。

最初に、運転適性検査があった。沢山の絵を描いた用紙があり、何の絵か書くようにという問題もあったが、私は元来適当なことが書けない性格であったため、全く分からず、白紙で提出してしまった。その他にも試験があったが、忘れてしまった。私は絵の試験で失敗したと思ったが、合格であった。もしかしたら、性格適性検査がよかったのかも知れないと、少し自惚れて思った。

〔第一段階〕

最初に学科教習を受講した。車の構造や運転の仕方などを、教科書やビデオ映像を見ての勉強であった。私は最前列の机に座ったが、マイクを使用しているので、教官の声がバンバン反響して、全く聞き取れなかった。

そのために私は、教科書を一生懸命に読んでいた。

私は学科教習が修了したので、効果測定の試験を受けたが二度目で合格出来た。次は運転教習である。運転教習をする担当の教官が決まっていた。私は講習の日を予約した。

いよいよ車に乗る教習が始まった。私は教官に促されて車の運転席に座り、シートベルトを身に付けた。運転席に座るのは初めてであったので少し緊張した。教官も私の横の座席に乗って、シートベルトを胸にかけた。

一般道路での運転ではなく、教習所の中に設置してあるミニ模擬道路を運転する練習であった。

最初に私は左足でブレーキペダルを踏み、鍵穴に鍵を差し込んで回した。車内がエンジン音に包まれた。次に左手で、チェンジレバーを持って、ドライブに切り替えた。右足で踏んでいたブレーキペダルを離すと、オートマなので、勝手に車が動き出した。

車の速度を速くしようと、右足でアクセルペダルを少し踏んだ。車の走る速度が速くなると、私の身体は進む方向とは逆に、後方に引っ張られてとても恐かった。だから私はハンドルにしがみつき、必死になってハンドルを回していたことを思い出している。

運転教習初めの頃は、神経を使うせいか教習を受けた翌日は、頭痛で寝込むことが多かった。でも次の日の朝になると、頭痛は完全に消えるので、予約した日の朝に頭痛の症状があっても休まないで受講し、家に帰ったら寝床にもぐり込んで、頭痛に耐えていた。この持病のために、自分の人生を犠牲にすることが出来なかったのである。規定時間七時間のところ、十四時間の講習で合格出来た。

〔第二段階〕

最初に学科教習をした。私は効果測定試験で偶然にも百点をもらい、所長さんに誉められた。一緒に試験をした若い人達に、所長さんが叱咤激励していたことを思い出している。

効果測定に合格したので、技能教習に移った。二時間連続で教習を受けている人もいたが、私は身体が疲れるので、一時間の教習にしていた。

相変わらず、教習所内の殺風景なミニ道路を走った。S字形の道路、そして交叉点には、信号も設置してあった。車庫もあった。車庫の斜め前まで車を進めて、チェンジレバーをバックにして窓を開け、後方を確認しながら、車庫に車を入れる練習であった。私はこの練習で失敗したことはなかったが、首と身体を回し過ぎるせいか、翌日は頭痛で寝込んでいた。

電車が走る踏切での練習もあった。踏切で一旦車を止めて、電車が来ないか確かめてから、発進しなければならなかったのが苦手であった。全く電車が来ないのに、確認しなければならない動作は、芝居をしている様で、何とも決まりが悪かったが、私の横には静かに私の行動を監視している教官が座っているので、仕方なく私はまじめな顔をして行っていた。

実際に運転している今は、必ず止まって左右を確認している。事故は一瞬の不注意に因ることが多いからである。

学科教習はすでに終わっていたが、技能教習は長くなっていた。同時期に受講した人達は先に進んで行くのに、私一人が取り残されていた。惨めさも味わっていた。しかし、考え方を変え、高齢であり難聴でもあるので仕方がないと、自分に言い聞かせていた。どんなに長い教習になっても、免許証が欲しかった。

規定時間七時間のところ、十六時間の教習で合格出来、仮免許証を取得出来た。

〔第三段階〕

校内の殺風景な道路から解放されて、一般道路を走る教習になった。運転教習が長かったからか、それ程に恐怖は感じなかった。

構内道路とは違って、周辺の景色が変わるので、私はとても楽しかった。

車の中は、エンジン音に包まれるので、教官の言葉は全く分からなかった。教官は、つまらなそうに静かに私の横に座り、走る方向を手で右、左と指差してくれた。

難聴になって思うのだが、相手の意思が私に伝わってこないことが、とても寂しい。筆談をお願いしたいのだが、大抵の人は遠慮する。

狭い道路で、対向車との交叉は、ぶつかりはしないかと、とても恐怖を感じた。自車の側面の位置が、分からなかったからである。

今は、新車を買うと、左右の車の側面を、車に付いている部品を目印にして走っている。免許教習の時に気付いていたら、もっと楽に走れたのにと、悔やまれる。

たまたま担当教官が休みの日に、他の教官にお願いしたことがあった。その教官は、私の教習時間が長いことが気になったのか「あなたは難聴なのだから、あなたを理解出来る教官にお願いしたらどうですか、費用もかかるのだから」と言った。私のことを心配してくれる教官もいるんだ、と嬉しかった。その後、教官を違う人にしてみたが、あまり変わらなかったので、又担当教官にお願いした。学科の効果測定は合格していた。

入学当時、私の状態を理解してくれる教官を選んでくれたらよかったのに、などと考えないではなかったが、難聴の私を受け入れて、受講させてくれている教習所に感謝しなければならないと自分に言い聞かせ、それらの感情を抑えることにしていた。

若い頃に私は登山したが、その時に体得したのは、一歩一歩足を進めて行けば、必ず頂上に着くことが出来る。苦しみの後には必ず喜びが待っている、ということ。今にして思えば、登山の時体験したことは、ずっしりと重く、その後の私の人生の指標となっている。

運転教習は規程時間九時間のところ、十四時間の教習で、合格することが出来た。

〔第四段階〕

最初に、危険予測の講習を受けた。ビデオを見たりする勉強であった。

次に、高速道路を運転する教習の予約をした。高速道路教習では、車に教官と三人の受講生が乗った。最初の受講生が高速道路を走り、サービスエリアで次の人に交替した。次の人も高速を走り、サービスエリアで私に代わった。

時速一〇〇キロメートルの運転であったが、私はとても楽しく、快適に運転出来た。原付自転車教習も受講した。学科教習はすでに合格していたが、運転教習の合格には少し時間がかかり、規定時間八時間のところ、十二時間の教習で合格することが出来た。いよいよ卒業検定になった。

〔卒業検定〕

嬉しいことに、もう少しである。最初に卒検で走る道路地図をもらった。私は教習所がある所とは違う所に住んでいるので、地図にある道路は全く通ったことがなかった。皮肉なことに分かりにくい道であった。運転教習では渡された地図に出ている道を走るのだが、何回走っても、私は全く飲み込めなかった。

教官一名と検定を受ける三人が、「卒検」のマークが付けてある車に乗った。先に同乗した二人が検定を受け、私は最後に挑戦した。地図の道を走ればよいのだが、その道には、左折する場所が二箇所あった。最後の所を左折すればよいのに、私は最初の道を左折してしまい、スムーズに出発した場所に帰れず、不合格になった。

不合格になると、教習費を払って、二時間の教習を受講するのであった。

二度目の卒業検定になった。二車線の道路を走っていると、前方に大型トラックが停車していた。対向車線の前方に車が走って来たので、私は一旦停止して車が来るのを待っていた。すると私の後ろのトラックの運転手が「ブウーッ」と警報音を出した。私はその音に刺激されて心が動揺し、まだ大丈夫かも、と思ってトラックを追い越したら、少し前方に対向車が来た。教官は進路妨害だと言って不合格になった。検定のマークが付いているのだから、後方に来ているトラックの運転手が、少し待ってくれたらよかったのに、と、トラックの運転手が恨めしかった。

費用も嵩むし、自分の能力にも自信が失せて、恥ずかしい気持にもなってきた。それらの気持を切り替えて、もう少しの辛抱だと心にむちを打って、頑張ることにした。

三度目の検定になった。こんどは私が走る車の前方の道路で、ハトが餌を漁っている。

私は思わず「ハトさん、どいて」と大声を出した。ハトに私の声が届いたかは不明であるが、サアーッと飛び去ってくれた。あゝよかったと安堵した。無事に私は合格した。

心の中がパーッと明るくなった。もう少しだ。私は市役所から住民票をもらって来て、免許センターに行った。

これが最終の試験である。免許センターで、同時期に受講した四十代の女性に会って、びっくりした。私より早くに教習が終わっていたが、二度目の筆記試験の挑戦だと言っていた。私はその女性と会えて、ホッとした。

ご主人が病気のため通院するので、免許が必要になったと言う。人にはそれぞれの事情があるのだと、思い知らされた。私とその女性は無事、合格出来た。その後その女性とは会っていないが、どうしているか、なつかしく思い出している。

四月から始めた教習は、九月の初めに修了した。凡そ五ケ月間の挑戦で、普通自動車の免許証を取得した。一生懸命に勉強した充実感は、たとえようもない程に嬉しかった。

日記帳をひもといてみると、当時の感情が蘇って来た。特別に強く感じた苦しかったことや、嬉しかったことなどは、忘れることはないが、その他の細かな感情はすっかり忘れてしまっていることに気付く。

個人差はあるが、人間には本来、忘れるという能力が備わっているような気がする。そして忘れるということは、私達人間の精神衛生上、プラスになっているのかも知れない。恨みや、悔み、怒りなどを引きずらないで、生きて行けるからである。

当時の日記帳に、こんなことが書いてある。

嫌な思いや、辛い気持を感じたとしても、難聴だから仕方がないのだ。人を恨んでも、現実から逃げることは出来ない。

前向きに生きなければ、私は自分の神様に笑われるだけだ。これからも、一生懸命に生きて行こう。

三十歳の時に発症しおよそ三十年程続いた頭痛も、六十歳になった頃にその症状は治まり、その後は快適に生活することが出来たのである。

車社会

とっくの昔に諦めていた、自動車の免許証を取得出来る、チャンスを逃すまいと、取り付かれたように通った教習所から解放されて、私はホッとした、と同時に嬉しかった。免許取得で私の心の中に一条の光が灯され、明るい気持になったことは、言うまでもない。

待ちに待った、車社会の一員になれた。運転最初の頃は、それ程に恐怖を感じなかった。運転教習に規定の二倍の時間を要したが、それが良かったのかも知れない。

だが私は、早速に車庫入れに失敗して、車に傷を付けてしまった。自宅の車庫に車を入れようとして、Rに切り替えてアクセルペダルを軽く踏んだつもりが、少し強く踏んだようで、車庫の後方のブロック壁に、車のリア部をぶつけて傷付けてしまった。頭がボーッとなった。夢であったらよかったのになどと悔やんでいた。そしてまた、なんと脆い鉄の箱なのか、などと恨めしくも思った。

最近のテレビは、映像の巻き戻しをよくするが、この事故も巻き戻しが出来たら嬉しいのに、などと考えていたが、現実は変わらなかった。決して巻き戻りはしないのだ。一瞬の事故であった。

すでに教習所で出費が多くなっているし、車の修理もしなければならない。主人は私の免許取得にはあまり賛成ではなかったので、申し訳ない気持にもなっていた。

教習所での練習運転とは違い、すべてが自身の責任になることを、痛感したのであった。

免許取得一ケ月たった頃に、私はパトカーに追いかけられたことがある。

私は難聴のために、パトカーが発しているピーポーという高い音が聞こえなかった。

運転することに神経を使っていたせいで、私はサイドミラーもバックミラーも見ていなかった。ピカピカと光を発して追いかけられていることにも、全く気付かなかった。ふとミラーを見た。（パトカーだ。あれー、私かなあ）と思って車を止めると、向こうも車を止めた。

「あー私だあ」

パトカーは、私の車の後ろにピタリと止まった。パトカーの車の中に私は入った。免許証を出すように言われた。取得して一ケ月も過ぎていない免許証を、警察の人に渡した。

国道と県道が交差している所で、その近くに細い道がある。自宅に近い道であり、私は交叉点を過ぎてから、右折したのである。

私は以前から、その道路を右折している車を沢山目撃していたので、問題ないと思っていたが、その道路は左折はよいが、右折禁止の道であった。「表示板があるでしょう」と警察の人が言った。私は全く表示板を見ていなかった。反則金の納付書を、私はもらった。

免許取得から、一ケ月しか過ぎていないのだから、注意くらいで済ませてくれたらいいのにと、警察の人が恨めしかった。

後になって思い出したら、私は恥ずかしくなった。ピカピカ光を発し、ピーポーと音を出していたパトカーに追われていたのである。その道は少し細い道で、道の周囲には、家が少なかったが、見ていた人もいたであろう。違反現場から、二〇〇メートル程の所であった。

今では、私は免許を取得してから二十年程、運転している。違反などは、すべて経験であり、経験したからこそ、注意して運転出来るようになったと、思うのである。運転することは、事故と隣り合わせである。気を付けて運転しなければならないと、自身に言い聞かせている。

私は大型団地に住んでいるが、人間関係や繋がりが薄く、寂しい所である。私はどちらかと問われれば、人間社会よりも、車社会の方が断然に気に入っている。

だが車の運転には事故が伴う。事故を防ぐためには、車の運転手同士の思いやりや、礼儀が必要になってくる。自分に非がなくても、事故の責任を負わなければならない時もある。

運転手同士は一期一会であるが、譲り合う優しさや、相手を許す寛容さが必要な時もあり、車を運転している人達は、皆仲間なのである。車の進路を譲ってもらって、「ありがとう」と会釈する。一見すれば鉄の箱である車も、人間の心を乗せて走っていることに気付く。車には性格も現われる。せっかちな人、ゆったりと運転する人、車はそれぞれの人間の心や性格を乗せて走る生き物であると、気付かされている。

突然の一人旅

あの日の朝は、これまでに鬱積していた感情がついに爆発してしまい、一刻も早くこの家を出たくなった。

幸いに、主人も娘達も出勤した後で、家にいるのは私一人であった。

「そうだ、あそこに行こう」

咄嗟の時に思い出すのは、以前に泊ったことのある場所である。早速電話をすると、三泊の予約が取れた。

バス時間を確認した。間に合いそうだ。急ぎ必要な物をボストンバッグに詰め込み、「ちょっと出掛けて来ます」と書き置きを食卓の上に置いて、バス停に向かった。バスの発車時間に間に合った。バスを降りて駅に行き、電車に乗れてホッとした。

家族の誰かが、何かの用で家に帰り、追いかけて来ないかと、不安を感じていたからである。

車窓に顔を寄せて見る外の風景は、満開の桜が見え隠れして通り過ぎて行く。うららかな季節なのに、私の心の中は、寂しさと、空しさ、そしてどうしようもない、もどかしさに満ち溢《あふ》れていた。

娘達が小さかった頃は、楽しかった。私が言うことを子供達はほとんどそのまま受け入れてくれたからである。

だが成長するに従って、次第に屁理屈が多くなってきた。大人になった証だとは思うのだが、これまで育てて来た母親の立場としては、やりきれない感情になる。「可愛い子には旅をさせよ」と人は言うが、人生経験も浅い子供を厳しい世の中に送り出すには、もう少し教えなければならないことがある。でも、少し生意気になって来ている娘達には通じない。特に結婚すると、始末が悪い。親の私の意見が、三分通ればよい方だ。

娘は結婚して家を出ていたが、病気になったので、我が家に帰って来ることになった。特に、娘夫婦の問題となると、私が首を突っ込む余地は全くなく、私の意見には馬耳東風であった。私の遺伝子を持つ娘だから、一筋縄で行かないことは充分承知している。

娘の考えていることに同調出来なかった私は、家族の中で孤立してしまった。私が考え方を譲れば収まるのに、それが出来ないから始末が悪い。家族の中での一人と、全くの一人とは気分が違う。全力で子育てをし、一生懸命に生きてきたつもりである。家族に除け者にされた寂しさは、たとえようもなく辛かった。相変わらず車窓からは、春爛漫の風景が通り過ぎて行く。そんな風景を、ボンヤリ眺めていたら、私はいつの間にか、自分が子供だった頃のことを思い出していた。

私は五人姉兄の末っ子に生まれ、上姉とは、十六歳の年齢差がある。年が離れているせいで、私は四歳上の姉との思い出が多い。

私と姉は、よく喧嘩をした。喧嘩といっても、言い合うだけだ。その内容も、今にして思えば些細なことだった。

私は、納得しないと受け入れられない性格であった気がする。その性格が災いして、母に叱られるのは、断然に、姉よりも私の方が多かったのである。姉は私とは性格が違い、母にうまく接する術を身につけていたように思っている。

私と姉が喧嘩すると決まって母は、「母ちゃんばっかり除け者にして」と言った。一人っ子として育てられ、喧嘩をする姉妹がいなかった母には、私と姉が羨ましかったのであろう。

でも母を仲間に入れるには、高度な内容が要求される。母には申し訳ないが、仲間に入れることは、難しかったのである。

私と姉は喧嘩をするたびに、畳に手を着いて「喧嘩をして、すみませんでした」と母にあやまらなければならなかった。

母の実家は当時すでになくなっていて、村の生活にも馴染めなかった母は、寂しかったに違いない。私は喧嘩両成敗をして欲しかったが、一人っ子で育ち、姉妹喧嘩の経験がない母には、仲裁は無理であったようだ。私と姉が喧嘩をすると、いつも母は「負けるが勝ち」と言いそれで終わりになってしまっていた。

姉に意地悪をされて、喧嘩をすることもあったが、その度に「負けるが勝ち」になると、私の気持は次第に収まらなくなった。まして姉にそう言われると、お腹の中が煮えくり返る程に悔しくなった。ある日私は、心の中に溜まっていた不満を抑え切れず、家を飛び出した。

だが、行く所がない。思いついたのは、庭に建っている小屋であった。小屋は二階建てで、一階には二部屋あり、味噌を仕込んだ木の樽を置いてある小部屋があった。大樽で、樽は部屋を一人占めしていた。私はその樽の蓋の上に寝ころんだ。

終戦間もない頃で、村内の家では、それぞれの家の味がする味噌を仕込んでいた。

雪が融けた、遅い春の頃になると、順番で豆を煮る建物の中から、その臭いが村内に漂って、春の訪れを知るのであった。

家を出た時にはまだ明るかったが、夕方であったので、だんだんに小屋の中は暗くなってきた。幽霊が出て来そうで、普段の日ならとても恐く入りたくない小屋であったが、不満が爆発して、怒りで心の中が煮えくり返っている私は、全く恐くなかった。しばらく寝ころんでいると、家の玄関の方で、「早く探して来なさい」と、姉を叱っている母の声が聞こえてきた。私はこの時を待っていたのである。甘えがあっての家出であったのだ。

私は、その小屋を出て、裏庭からこっそり家の中に入って、自室に布団を敷いた。そしてその布団の中にもぐり込み、静かに固まっていた。しばらくすると、「なあんだ、こんな所にいたのか」という、安堵したような姉の声が聞こえた。

母にとって私は扱いづらい子供であったに違いない。「小さな正義を振りかざしてはいけない、正義の主張も、時として災いの種を残すこともある。相手を許すことも大切であり、自身の怒りを抑えて、それに耐えることも必要なのだ」と、私に教えたかったのかも知れない。母が亡くなってすでに五十年の歳月が流れている。母の真意を確かめる術は、もうない。

私は小学生の頃、頭痛になることが多く、午前中で早退することが多かった。そんな状態なので、痩せていて貧相な顔をしていたらしく、母は私にいつも言うのであった。「出額や、色の黒いは生まれつき。直せば直る心なおせよ」と。私は、心を正せば見良い顔になると信じ、努力して母が喜ぶ顔になりたいと思った。
私は夏休みの宿題など、切羽詰まってすることが多く、母によく言われていた。

明日ありと思う心の仇桜　夜半に嵐の吹かぬものかは

そして又、私が自惚れたことを言った時であった。母は私を諭すように「稲穂を見てごらん。たわわに実る程、頭をたれているだろう。人間も同じなんだよ」と。私もそのような人間にならなければ、ならないと思った。母が私に言うことは、私にとって絶対であったのだ。

過去の記憶の中に浸っていたが、周囲の乗客の動きで、電車が終点に近づいたことに気付いた。急ぎ下りる準備をして下車し、バス停に向かった。
偶然にも、午後一便しかないバスに乗れてホッとした。絶妙なタイミングであった。前にも書いたように、私は若い頃に突発性難聴になって、甲高の人が話す言葉が分からなかった。マイクはバンバン響いて、何を話しているか分からないので、バスなどに乗る時は、運転手さんに降りたい場所を言って、その所に着いたら知らせてもらうことにしていた。

運転手は「赤城は、今朝から大嵐になっているよ」と、私の姿を点検するように見ている。先方の山を見ると、山の周囲にはガスがかかりそのガスが蠢いている。辺りは晴天なのに嵐とは、信じがたかった。まして、二日程前にお花見をして来たばかりである。この地方に伝わっている、赤城おろしであろうか。

山の麓近くになると、乗客はいつの間にか私一人になっていた。車が山を登るにつれて木々の上に積っている雪の量も、多くなっていく。運転手は、曲りくねった坂道を、私一人のために、大きなハンドルをゆるりゆるりと回しながら、車を進めていた。エンジン音が車内に、異常に大きく響きわたっていた。

前方の標示板に、マイナス八度と書いてある。信じがたかったが、現実を受け入れなければならなくなった。不安が胸中に走った。この旅は中止すべきだったのかも知れない。バスは、私の心の中など無頓着に、先を急いで走っていた。しばらく登ると、終点の赤城大洞のバス停に到着した。

バス停には人の姿は全くない。周囲に生えている木々は、枝に雪を乗せて重く垂れていた。

　バスから降りた途端に、吹雪が私の足を襲い、転げそうになった。運転手は私の姿を見ながら、気の毒そうな顔をして、雪が積って見えなくなった道らしき所を指差して、宿舎への道を教えてくれた。

　重いボストンバッグを肩に掛け、薄いレインコートを頭から被り、滑りそうな靴を履いて、人の姿も全くない寂しくなっている道を、足元に注意しながらトボトボと歩いて行った。雪上に靴跡を残して歩いていくと、途中に雪を乗せたバンガローがひっそりと建っていた。「まるで私の心の中のようだわ」と私はつぶやいた。しばらく歩くと、開けた雪原に出た。本来ある道には、雪が積っていて、全く分からなくなっていた。道らしい所に歩を進めた途端に靴が滑って、すってんころりん、地面に尻餅をついた。すばやく私は周囲に目を走らせた。見ている人がいないことを確認して、安堵した。スカートを穿いて転んだ私は、無様な姿をしていたのである。

　地面が凍っていて、その上に、昨夜降った雪がふんわりと積っていたのであった。

　普段の私なら、悪いことが起きた時は行動を中止するのだが、こんなに遠い所に来てしまった今は、引き返すことは出来ない。

　転んだ時に、無意識に手を地面に付いてしまったらしく、左手が痛くなった。

私は痛くなった手を庇いながら、本来の道ではない雪原を、前方に見える宿舎に向かって、転ばないように足元に注意して歩いて行った。ようやく、宿舎の玄関に辿り着くことが出来、ホッとした。宿舎の中は暖かく、冷えきっている私の身体を優しく包み、迎え入れてくれた。幾人かの泊まり客にも会った。その中には、昨日大沼でわかさぎ釣りをしていた人もいた。

〈案内書〉

赤城山は、榛名山、妙義山と共に、上毛三山と呼ばれる複式火山である。この赤城山の頂上には、大沼（おの）と呼ばれる火山湖があり、駒ヶ岳（一六八五メートル）、地蔵岳（一六七四メートル）、鈴ケ岳に囲まれている。春夏秋には、ボート遊びや、キャンプが出来、冬には、スキーやスケート、わかさぎの氷上釣りなどで賑わう。

大洞には、赤城ゆかりの、国定忠治像が建っている。浪花節「赤城の子守唄」や講談、歌舞伎などで有名な、国定忠治は、一八一〇年、赤城南麓の国定村に生まれた侠客だが、殺人などの罪を重ね、磔刑となった。忠治が追手から逃げて来て、数年間隠れ住んでいた岩屋もある。

接客の人に案内されて部屋に入った。部屋の窓からは、雪原となった大沼、その沼の中には、赤城神社に向かって架けてある朱の橋が、際立って朱の色を濃くしていた。赤城神社は、大同年間の創建と言われ、この赤城山は、古くから神が宿る山であったらしい。

翌日は晴天となり、昨日の嵐が嘘のように静まり返っていた。昨日まで、わかさぎ釣りが出来た雪原の大沼の上を、雲の一団が影を落としながら、ゆっくりと流れて行った。下界では想像すら出来ない、魔法にかけられたような風景であった。取り残されている家族のことなどとんと忘れて、私は一人悦に入っていた。

何もすることはないので、大沼の朱の橋を渡って、赤城神社に行くことにした。

行く道はすでにきれいに除雪してあり、道の両側には雪の山が出来ていた。大沼の中の橋を渡ると、赤城神社の境内に入った。幾人かの参拝客も来ていた。私は神社に、我が身の幸せを祈り、境内の中を少し探索してから、思い出にとお守りを買った。

少し厚かましいとも思ったが、売店の人に、写真のシャッターを押して欲しいとお願いすると、快く引き受けてくれた。境内には、私しかいなかったからかも知れない。

その人は中年の男の人で、「お勤めですか」と私に聞いた。私がキャリアウーマンに見えたのであろうか。

会社を退職してから、すでに三十年の歳月が流れていた。生活にまみれて普段はダサい格好をしている私ではあるが、少し身なりを整えれば、まんざら捨てたものでもないかも知れない、などと自分を過大評価していた。鬱積していた気持も少し軽くなった。旅人のロマンチックな気分も出て来て、この家出は正解であったようにも思えた。

神社を出て橋を歩いていると、前方から四、五十代の男女の人が歩いてきた。失礼だとも思ったが、記念にしようと写真のシャッターをお願いした。お返しに、「写真を撮りましょうか」と言うと、恥ずかしそうに、「いい、いい」と手振りをした。どうも夫婦ではなさそうであった。旅に出ると、さまざまな人間模様が見える。

山々に囲まれた、この大自然の中にいると時は止まり、無欲な自分になっているのに気付く。最近のテレビでしきりに映し出されている、お金に惑わされた人達のことを思い出し、私はお金と交信するのであった。

お金よ

お金よ　お前はどうして
残酷なことをするの

善良な人をも　たちまちに
悪人にしてしまう
何故　人間の心を惑わすの
ただの紙切れでしかないのに
「なに　人間が愚かだって」
そんなこと　言うなよ
お前が存在しなければ　いいんだよ
でも　それも困るなあ
まあ　せいぜい　お前に
振り回されないようにするさ

想像さえもしていなかった、不思議な世界に浸っていたが、とうとう帰りの朝になってしまった。こんどは、雨まじりの嵐になっていた。

私は旅などに出掛ける時は、必ずビニールの風呂敷を持ち歩いている。その風呂敷を頭に被せ、来る時に着ていた薄いレインコートを身にまとった。そして、ボストンバッグをビニールの風呂敷で包んで肩に掛けて、宿舎を出発した。外は荒れ狂っていて、人の姿はなかった。雪が融けて水浸しになっている道を、風雨に煽られながらバス停に向かって歩いて行った。大洞のバス停には、売店らしい小屋が建っていたが、小屋の周囲に人の姿はなく、小屋の戸には鍵が掛けてあり、中には誰もいなかった。風雨を凌ぐ所としては、小屋の軒下しかなかった。バスが来るまで私は、小屋の短い軒下の壁にへばりついて、風雨から身を守ることにした。でも私の身体は、ずぶ濡れになってしまった。

こんな日に帰りたくはなかったが、宿舎の部屋は満杯で、もう一泊することは出来なかった。と同時に、私の帰りを待っているであろう家族のことを考えると、長くここにいることは出来ない。結局のところ、私のいる場所は、どうあがいても家族の所しかないのである。

バスが来た。（ああ助かった）と安堵した。だがバスの運転手は、車の中に私を入れてはくれなかった。発車時間より早く着いたようであった。

私は悲しい気持で、又小屋の軒下で風雨を凌いでいた。しばらく待つと運転手は車のドアを開けてくれ、私は車中に入ることが出来た。異様に雨に濡れている私は、運転手に歓迎されなかったのかも知れないと思った。心の中は少し穏やかでなかったが、私は自分の気持を戒めていた。乗せてもらったことを、感謝しなければならないと。

顧みると、この赤城山は、日頃下界の狭い空間であくせく暮らしている私を不憫に思って、季節外れの白銀の山に招待してくれたのかも知れない――などと、自分勝手な都合のよいことを考えてもみた。

でも、この赤城山は少し厳しい試練を私にくれたことも事実である。保養のための旅でもあるのに、入山するも下山するも、吹雪と雨嵐の中を潜らなければ、私の出入りを許してくれなかったのであった。

奇跡の体験をさせてくれた赤城山と、お別れの時が来て、バスが赤城大洞を出発した。下り坂の道の周囲の木々は、相変わらず雪を乗せていた。バスの運転手に申し訳ない気持もあった。乗客は私一人で、私のために運転してくれているのだ。

山麓に下りると、三日前と同じように、頭上には青空が広がっていた。赤城山の頂上の風景が夢の中のことででもあったような、そんな気持になっていた。

バスの乗客も、少しずつ多くなってきて、運転手も笑顔になって対応していた。知り会いの人が多いのだろうと、私は思った。

家出をしてから、三日ぶりの帰宅であった。本来あるべき所に戻ったのである。

家族の食事など、すべて私がやっていたのに、娘達の反応は、いまいちであった。少し寂しかったが、娘達にもそれなりの意地があり、笑顔を隠して心の中はホッとしているに違いないと、私は心の中でにんまりしていた。

あれから長い歳月が過ぎても、異次元と思える世界に招待してくれた赤城山を、私は決して忘れない。思い出を豊かにしてもらい、その後の人生を生きて行く、心の拠り所にしてもらえたからである。

人生とは

傷ついた身に
ボロ切れをまとい
重い荷物を　ずるずるひきずって
私は歩いている

わずかばかりの
誇りを捨てきれずに
頭をもち上げて
恥ずかしさも　気にしなく
私は歩いている

すると　もう一人の私が
言うのです

それがどうしたというの
それでいいんじゃない
それが生きることなんだよ　と

長い月日を　生きたから
重い荷物も　気にしないで
生きて行けるのかなあ

出口の見えない
暗い部屋の中でも
苦にしないで
生きて行けるのかなあ

悲しみや　苦しみが
幾重にも脳細胞に

折り込まれている

ああ　これが
生きるということだったんだと
私は気がついた

人生とは、生きるとは、どういうことなんだろうか、と、しきりに思いめぐらせていた、若い頃の私と、すでに八十路に入った老人の私が、しっかりと手を握ることが出来たのである。永い、永い旅路であった。

あとがき

私が子供だった頃は、勉強よりも遊びを優先にしていた。自由に遊んでいた私は、勉強不足のせいか、学校を卒業して社会に出たら、あれもこれもと、習いたいことが一杯出て来た。

だが社会に出て、これからという時に「突発性難聴」になってしまった。難聴になった私は、未来が閉ざされてしまったと思う時もあったが、持ち前の負けん気の性格も手伝い、難聴のために、未来を犠牲にすることは出来なかった。勉強方法として考え付いたことは、通信教育を受講することであった。

私は最初に、女子栄養大学の通信教育を受講した。三十五歳の頃である。通信教育の全課程を修了して、大学主催の「家庭料理技能検定」の試験を受けることにした。

初級、中級、上級の試験があり、中級に合格したので、上級の試験に挑戦したが、上級の合格者は一人か二人、全くなしの年もあり、きびしかった。

この試験は、平成の初め頃に、文部省（現・文部科学省）認定の「家庭料理技能検定」に変わり、一級から五級まであって、現在も行われている。

私は今、生涯学習講師の資格を取得して、補助をしてもらい、地域の人達に女子栄養大学の「食事法」を教えている。自宅料理教室で、料理も教えることが出来た。

偉大なれよ　平凡なれよ　平凡にして偉大なれよ　空気又は日光の如く　平凡なれよ

この言葉は、何故か私の心の中に常に存在していた。偉大にはなれなかったが、私は平凡に生きられたことを、感謝している。

著者プロフィール
海原 初音（うみはら はつね）
囲碁四段、ビーズスキル、
書道二段、おりがみ絵本技能士。

永い旅路

2021年11月15日　初版第１刷発行

著　者　海原 初音
発行者　瓜谷 綱延
発行所　株式会社文芸社
〒160-0022　東京都新宿区新宿1－10－1
電話　03-5369-3060（代表）
03-5369-2299（販売）

印刷所　株式会社フクイン

ISBN978-4-286-23085-6　JASRAC　出2106689－101